帥醫筆記

之16 大夢初醒 第一輯完

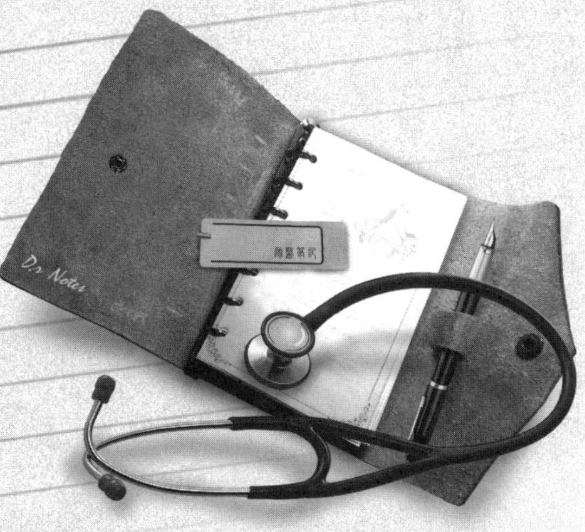

司徒浪◎著

我是一名婦科醫生。

每天，我都會接觸到女人那些難以啟齒的病痛，
我的職責便是為她們解除痛苦。
假如我看她們的笑話，出賣她們的隱私，
將她們的病痛當做閒聊話題，我就是個毫無廉恥的卑鄙小人。
我總認為女人比我們男人乾淨，她們不像我們男人，
為了競爭爾虞我詐，用心計、耍手腕，
她們心地善良單純，我因此本能地對她們產生憐愛。
我覺得女人真是一種奇怪的動物，她們有時候很難讓人理解。
女人的情感，就彷彿是天上飄著的一片雲，來無影去無蹤。
有時候你會覺得她們很變態，真的，她們固執起來的時候真的很變態。
說到底，男人或許是一種極端自私的動物，在他們眼中，只有獵物，沒有女人。
於是，許許多多說不清道不明、不便說也不能說的事情發生了。
而我只能將一切藏在心中，或者，寫入我的筆記……

——**馮笑手記**

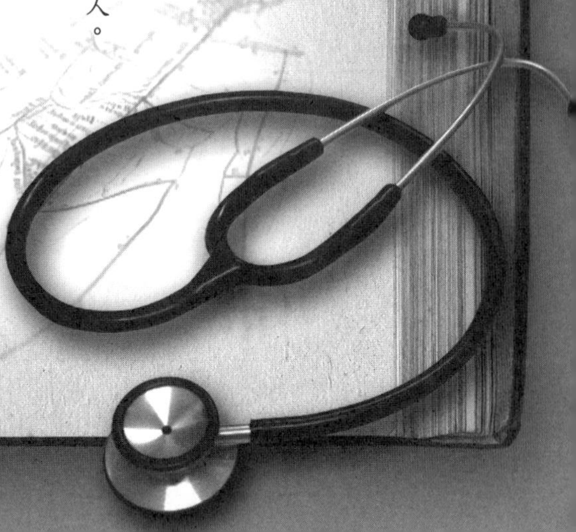

目錄

帥醫筆記

第一章

對待小人之道

對待小人首先應該以禮相待，
然後才是敬而遠之。
以禮相待後，他們才不會在背後說不利於你的言語，
然後敬而遠之，就會讓他們感覺到你的威嚴不可冒犯。

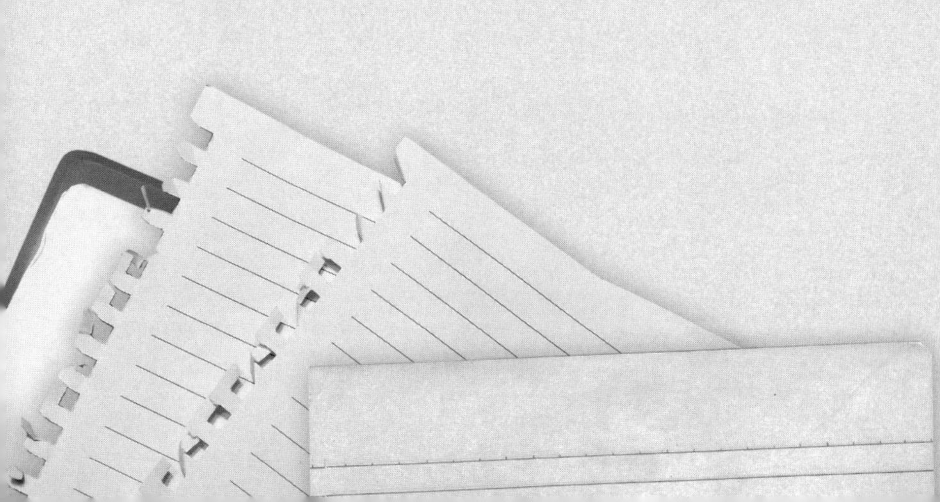

忽然聽到手機在響，發現是康得茂打來的，急忙去接聽，他的聲音有些氣急敗壞，「馮笑，你搞什麼名堂？怎麼不接我電話？」

我急忙地道：「上午我在做手術，剛剛從手術室下來。」

我撒謊的原因，是因為不想讓他懷疑自己昨天晚上曾和寧相如在一起過。

他果然相信了我的話，「哦，這樣啊。我說呢，你連我的電話都不接了呢。」

「什麼事啊？」我急忙地問道。

「昨天丁香沒有說我什麼，我心裏高興。」他笑著說。

我有些詫異，「那寧相如和她說了什麼？」

「我哪裏知道？我又不好問她，所以才想問問你知道不知道啊？」他說。

「我哪裏知道？昨天我醉得一塌糊塗。寧相如把我送回家後，我直接就睡了。在車上的時候我就已經睡著了。」我說道。

「究竟她們倆說了些什麼呢？女人真奇怪。」他嘀咕道，隨即掛斷了電話。

我也在這樣想：她們昨天晚上都說了些什麼呢？我記得當時丁香可是一臉的嚴肅。女人真的很奇怪。我苦笑著搖頭。

掛斷電話後，我才發現有好幾個康得茂的未接來電，除此之外，還有三個未接來電是她打來的，我那個曾經的女同學。就是羅華，那位我家鄉廣電局長的老婆。

我不想回覆這個電話，因為我心裏根本就不想和她打任何的交道。想了想，即刻把她的名字放進了黑名單裏，這樣一來的話，她就打不進來了。

上次我離開家鄉的時候羅華告訴過我，她說過段時間她要和她男人到省城來拜訪我。我估計這次他們可能是真的來了，但是我根本就不想見他們。我知道，他們來找我絕對沒有什麼好事情。

我還擔心他們會去醫院裏找我，所以我即刻給科室打了個電話，我告訴護士長今天我在學校做實驗，護士長沒有說科室有什麼緊要的事情，不過她告訴我說今天上午有我的一個女同學去找過我。

「下次她來的時候就說我不在，不要告訴她我的行蹤。」我即刻吩咐道，心裏暗暗地想：果然如此。隨即又擔心護士長誤會了這件事情，於是即刻又補充道：「我這個女同學很麻煩，我不想見她，她要找我的事情我根本辦不了，但是又不想當面得罪她。」

「我知道了。」護士長說。

隨即我正準備掛電話，卻聽到她在問我：「馮主任，聽說唐院長馬上要當我們醫院的正院長了，你知道這回事嗎？」

醫院裏，各個科室的護士長的消息總是最靈通的，因為她們喜歡打聽這樣的事情。所以她的話我頓時就信了八、九分，於是急忙地問她道：「你聽誰說的？」

「醫院裏都傳開了，今天省委組織部找他談話去了。」她說。

「等組織上宣佈了再說吧，這些事情和我們沒關係。不過我和唐院長的關係不錯，他是我老師。所以我們的檢查項目不會受到多大的影響的。」我即刻說道。現在，我已經明白了她給我說這件事情的意圖了：她現在最擔心的就是這件事情。

「太好了，這樣我就放心了。馮主任，我們科室有你當主任，大家都很高興呢。太好了，我私下給大家說說。」她頓時在電話裏笑了起來。

我說道：「不要說得那麼明白，萬一有些話被傳出去了的話可就麻煩了，其他科室的人會跑到醫院領導那裏去鬧的。」

「你放心，我知道該怎麼說的。」她說，我隨即掛斷了電話，我不想讓自己變得和她一樣嘮叨。

隨即給唐院長發了一個簡訊，也就三個字：祝賀你。然後撥通了唐孜的電話，

「你叔叔的事情，你都知道了吧？」

「知道了，謝謝你。」她低聲地說。

「你在辦公室裏？」我問道。

「沒有。」她說，我即刻聽見有一個男人的聲音傳了過來，「誰啊？」

「沒事，辦公室打來的。」唐孜在說。

我即刻掛斷了電話。不知怎麼的，剛才我的心裏竟忽然慌亂了起來，而且直到現在我的心臟依然還在慌亂地跳動。

中午我直接回家，因為我的車在那裏。我準備下午直接去做實驗。現在我的酒早已經醒了，心裏想著中午順便和保姆的女兒談談。這件事情總是要辦的，拖下去不是辦法。

回到家的時候已經是中午一點，我餓壞了，急忙問保姆道：「有吃的東西嗎？」

保姆詫異地道：「姑爺還沒吃飯啊？」

我說：「太忙了。看看有什麼吃的？越快越好。」

保姆頓時扭捏起來，「我，我燉了雞湯……」

我即刻明白了，於是笑道：「這有什麼不好說的？你女兒來了，燉隻雞算什麼嘛？阿姨，我早對你說過，在我家裏你想吃什麼就去買什麼。每個月的生活費我都放在那裏的。我發現你用得太少了。吃飯能吃多少錢啊？好了，不說了，麻煩你快點去給我弄點吃的來。」

保姆頓時自然了起來，急忙跑到廚房裏去了。我發現她的女兒並沒有在家裏，心裏暗自納罕。

孩子醒著的。我逗了他一會兒，忽然想起自己最近竟然忘記了一件非常重要的事情：去把陳圓接回來。

最近天天在喝酒，還……想到這裏，我心裏頓時慚愧萬分。

保姆給我熱好了飯菜，我即刻坐到了餐桌處。保姆給我添了一碗雞湯，同時對我說道：「姑爺，你先喝碗湯暖暖胃。」

我點頭，隨即問她道：「你家菜菜呢？」

「上街去了。這孩子，在家裏待不住。」她說，隨後欲言又止地看著我。

我笑道：「她是不是覺得我故意在躲她？」

保姆不好意思地笑了，「怎麼會呢？這是你的家啊。」

我大笑，「這倒是，跑得了和尚跑不了廟嘛。」

她頓時慌了起來，「姑爺，我可不是這個意思。是我家菜菜不懂事。」

這下我明白了自己剛才的猜測沒錯，隨即說道：「主要是我最近太忙了。本來應該早些把陳圓接回來的，但是都忘了。我明天去給她辦出院手續。這樣吧，一會兒我要去做實驗，趁中午有時間我和她談談。阿姨，她有電話嗎？你把她的號碼給我吧。」

「這……」她猶豫著說道。

我頓時明白了她心中的顧慮，或者她擔心我對她女兒有什麼不良的企圖。因為在這個家裏，我畢竟和蘇華還有阿珠有過那樣的事情，雖然我心裏希望她什麼都不知道，但是我心裏明白自己的這種想法可能是一種自欺欺人。

於是我說道：「阿姨，現在的孩子都有些逆反。逆反你懂不懂？就是大人隨便說什麼她都不聽，非得和自己的父母對著來。所以，我覺得單獨和她談談的話，可能更可以瞭解到她的真實想法。只有知道了她的真實想法後，才可以替她安排一份讓她儘量滿意的工作。你說是不是這樣啊？」

她這才說道：「姑爺真是有文化的人，你說的很有道理。」

現在我的心裏反倒覺得有些彆扭了，因為她的話讓我覺得自己的這個猜測好像又是對的了，「我現在就給她打電話，你把她的號碼給我好嗎？我和她談了後就馬上去做實驗。最近太忙了，各種事情都堆到一塊了。哎！」

我覺得自己真夠賤的，給別人幫忙反而還要去求人家。寧相如的事情好像也是這樣。其實我心裏明白這是為什麼，所以我不禁在心裏歎息：一個人太好心、太在乎別人的評價，其實也是很累的。

當著保姆的面我給她女兒打電話，「菜菜嗎？我是馮笑。」

「馮笑？哦，馮醫生啊。聽說你昨天沒回家，我以為你白天在上班呢，所以就出來玩了。」她說。

「你現在在什麼地方？下午我還有事情。現在我們找個地方聊聊好嗎？我想問你具體的想法。希望做什麼工作、待遇在什麼位置等等。」我說。

「嗯。我在……你等等，我看看這是什麼地方。」她說，隨即告訴了我她周圍一處標誌性建築。

我發現到過沿海的她和其他農村出來的女孩子還是不一樣的，至少知道如何告訴我她現在的具體位置。這件事情看似簡單，但是很多人並沒有這樣的能力。大多數的人可能會即刻去問身邊的行人，結果卻可能越問越複雜。很多事情就是這樣，從看似簡單的事情就可以知道一個人的性格特點，甚至能力。

「這樣，你看看那周圍有茶樓沒有？你找到後去那裏等我，給我發個簡訊就可以了。我馬上過來。」我隨即說道，然後掛斷了電話。

「阿姨，你放心吧，我會儘量給她安排一個讓她滿意的工作的。」我隨後對保姆說道。

保姆朝我連聲說著感激的話，隨即問我道：「姑爺，晚上你回來吃飯嗎？」

「應該要吧，今天沒什麼應酬。」我說，隨即出了門。

我到了那家茶樓的時候一眼就看見她了，她就坐在茶樓的中間。現在茶樓裏沒有多少人，一般的人可能會選擇窗邊的位置，因為那樣的地方可以看外面的風景和過往的人群。所以她給我的第一個感覺就是：可能她很缺乏安全感。

她今天身上穿著一件帶帽子的淡綠色外套，這讓她看上去臉色有些蒼白，可能是穿得太薄了的緣故吧，她給我的感覺寒顫顫的。

我去坐到了她的對面，發現她的臉頓時紅了起來。

我朝她微微笑了笑，「怎麼沒泡茶？」

「我，我不知道你喜歡喝什麼茶。」她低聲地說，很局促的樣子。

「沒事，我來叫。我給你點菊花茶吧？」我問她道。

她依然局促，手腳無措。我並沒有絲毫笑話她的意思。其實很簡單，她母親畢竟是我家的保姆，身分在這裏。在電話裏她倒是大膽，這也很正常，畢竟我們沒有面對面。自卑的感覺往往是在面對面、身分高低鮮明的情況下才會反應強烈。一個人在自信的情況下會產生出一種氣場，而這種氣場會讓自卑者更加自卑。

我讓服務員給她泡了一杯菊花茶，給我自己泡了一杯綠茶，同時問菜菜道：

「冰糖要不要多點？」

「茶裏還要放冰糖？」她詫異地問我道。

「是啊。那其實不叫茶，準確地講應該叫飲料。清熱解毒的飲料。」我笑著說，心裏很高興，因為我發現她終於變得自然了起來。談心就需要這樣，這和心理醫生在給病人做治療的情況下一樣，只有氣氛融洽、讓對方感到溫暖的情況下才會問出對方最真實的內心想法。

「那就多要點冰糖吧，我喜歡吃甜的。」她笑著說，臉上帶著一絲羞澀。

我即刻對服務員道：「聽到沒有？多加點冰糖吧。」

服務員笑道：「我把冰糖拿來，她可以自己加。」

「這樣更好。」我笑著道，隨即去問菜菜：「你在沿海是做什麼工作的啊？」

「就在一家台灣人開的玩具廠打工。」她說，隨即又道：「那份工作太辛苦了，每天工作十個小時不說，工資還很低。」

「那你希望現在能夠做什麼樣的工作呢？覺得多少待遇才滿意啊？」於是我問她道。她頓時又開始扭捏起來。她沒有回答我。

我朝她微笑，「說說吧，沒事。反正我們現在就隨便說說，我又不是你今後的老闆，怕什麼？你說出來了後，我看看能不能按照你的要求安排。如果我不能安排也沒什麼的，就當我瞭解一下你的情況吧。比如說我，有次我們院長在私底下問我，喝酒的時候，也是像現在這樣閒聊。他問我，馮笑，你希望自己能夠到什麼樣的地位啊？我回答說，我最大的願望是想當一位博士生導師，成為全國知名的婦產科專家。然後還想當醫院的院長。我們院長聽了頓時大笑起來，他說你這個要求倒是不高，不過得在二十年過後才可以實現。你知道後來的情況是怎麼樣的嗎？」

「怎麼樣的？」她頓時被我的話題給吸引了，好奇地來問我道。

「後來他答應讓我儘快成為碩士生導師。」我回答說。這個故事當然是我編出來的，不過這裏面還是有些真實的成分，我的目的很簡單，就是想讓她輕鬆、隨便一些，「菜菜，其實找工作和做生意一樣，也得漫天要價、坐地還錢呢。你看，我不也是這樣嗎？結果我馬上就要成為碩士生導師，而且現在已經是科室主任了。」

她頓時笑了起來，「馮醫生，你真有趣。」

「好吧，那你告訴我吧，你現在最想幹的工作是什麼？」我隨即問她道。

她搖頭，「我不想工作。」

我很詫異，「你不想工作？那你想幹什麼？」

「我想讀書。馮醫生，你們醫科大學裏有那種不需要考試就可以去讀的護士班嗎？我在沿海工作的一段時間後，才真正感覺到沒學歷的痛苦。我想，如果我能夠讀護士班的話，今後畢業找一份在醫院裏的工作倒是很不錯，我很喜歡你們醫院裏的那種氛圍，每次我去醫院裏的時候聞到那種味道就覺得很舒服。」她說道。

我心想：這可能很難。現在讀書哪有不需要考試的啊？不過我沒有說出這樣的話來，即刻對她說道：「這樣吧，下午我正好要去學校那邊做實驗，我幫你問問再說。你覺得怎麼樣？這樣吧，這就算是你的第一個選擇，那麼你還有第二或者第三選擇嗎？」

「其他的工作我都不會做，只有去做那些手工活。我不想自己的這一輩子就這樣下去。你看我媽媽，她就只有當保姆。」她回答道。

我頓時明白了：她這是從心底裏看不起她母親的工作，同時也很想改變自己目前的這種狀況。

於是我在明白了她為什麼這麼逆反的原因之後，同時也感覺到了她要求上進的願望。

於是我再次說道：「行，我下午去幫你問問。我去問問我們大學那邊的招生辦公室，看能不能有什麼辦法。」

「我可以和你一起去嗎？」她問我道。

看了看時間後我對她說道：「這樣，我帶你先去問問招辦，然後我再去做實驗。走吧，現在的時間正好合適，我們到學校那邊的時候他們剛好上班。」

「太好了。」她高興地猛然站了起來。

我在心裏感歎：年輕人就是年輕人，他們的血液裏永遠都充滿著青春活潑的因子。

我們直接去了招生辦公室，裏面的人不認識我，我直接說了自己的身分，「你好，我是附屬醫院的醫生。我想問問學校裏有沒有那種不需要經過考試就可以就讀的專業啊？」

那人像看怪物一樣地看著我，「高考都實行了這麼多年了，哪裏還有不考試就可以讀書的大學？」

我也覺得挺尷尬的，因為我的話確實顯得我很無知，本想即刻告辭出去，但是卻看見菜菜滿臉失望的表情，於是我壯起膽子又問了一句：「護理專業呢？專科或者中專什麼的。」

「那你去問問衛校那邊。」那人愛理不理地回答說。

我正準備出去，卻忽然看見章校長進來了，他詫異地問我道：「小馮，你怎麼在這裏？」

「我來諮詢點事。這是我一位遠房親戚，幾年前高考落榜了，想來看看有沒有不需要參加考試就可以就讀的專業。」我急忙說道，心裏暗喜：有他在就太好了。

「小陳，你好好給馮主任解答一下這個問題啊。你們招辦可要改變工作作風，不要隨隨便便地把來諮詢的人拒之門外。馮主任可是我們全校最年輕的科室主任，最年輕的專家，你們怎麼這樣的態度？」章院長即刻批評起這個人來。

「章院長，我沒有……」那人頓時臉紅了，不過卻依然在解釋。

「什麼沒有！我剛才在外面都聽見了。我還正說最近把你們招辦的同志叫來開個會呢，現在學校擴招，生源的問題是我們最需要急切解決的問題。算了，現在我不和你說了，你又不是主任，我和你說了沒用。馮主任，你有什麼事情就問他們，解決不了你直接來找我。」他說。

我急忙地道：「招辦的同志態度挺不錯的。是我不懂其中的規定……」

那個叫「小陳」的即刻對我說：「馮主任，這件事你真的得去問衛校才行。不過據我所知，他們的中專部分是可以不要高考成績的。不過需要領導簽字。」

我頓時大喜，急忙去看著章校長，「那就只好麻煩您了。」

章校長大笑，「好，小陳，給我一張紙，我給你寫個條子。」

他很快就寫好了條子然後把它交給了我，我沒有去看而是不住向他道謝。他拉著我出了招辦，低聲地問我道：「小馮，你最近有空嗎？出一趟差怎麼樣？」

我很詫異，「出差？去什麼地方？做什麼事情？」

「如果你有空的話就去一趟北京吧。詩語在那裏好像出了點什麼事情，我問她，可是她又不對我講。」他說。

我心裏頓時緊張起來：他這是什麼意思？難道他知道了我和他女兒的事情？由於緊張和惶恐，我頓時不知道該怎麼回答了。

他見我沒有回答於是又說道：「詩語多次在我面前說到你，她說她很佩服你，而且還有些崇拜你。小馮，麻煩你替我去看她一下好嗎？可能她會聽你的話的。」

我這才放下心來，「好吧，我儘快安排時間。」

他和藹地拍了拍我的肩膀，「拜託了。你親戚讀書的事情如果遇到什麼困難的話，就直接告訴我。」

有了章校長的話，菜菜的事基本上就算是解決了！我問過衛校一些條件後，讓她搭車回家，自己則回去做實驗。

下午我正在做實驗的時候，忽然接到了康得茂的電話，「咦？你沒關機啊？」電話通了後他詫異地道。

「我本來就沒有關機啊？」我莫名其妙。

「那羅華為什麼打不進來你的電話？」他問我道。

「她來找你了？」我頓時明白了，不過我心裏有些奇怪：康得茂和羅華可不是小學同學，因為他的小學是在鄉村讀的，更不可能是她的中學同學了，因為中學我和康得茂是同學，而羅華不是。

「是她男人，那位彭局長。現在還在我辦公室外面呢。」他說。

「省政府這麼好進啊？隨便什麼人都可以進去？」我問道，心裏卻在想著怎麼向他解釋這件事情。

「他給我打電話，我讓門衛放進來的。你搞什麼名堂？你不想見他們是不是？哦，我知道了，肯定是你把羅華的電話設成黑名單是不是？你還在記上次她男人對你傲慢的氣啊？」他說。

我當然不會承認這回事，「什麼啊？我在做實驗，剛剛做完。可能是實驗室信號不好吧？」

「好了，你騙不了我。我記得你曾經給我說過羅華的事情。馮笑，我們是哥兒們，我得提醒你一下。有些人你最好不要得罪。在我們家鄉那樣的小地方，只要有人說你壞話，很快就會傳遍的。不值得。」他隨即說道。

他這樣一說我也想起來了：自己好像是曾經對他說過羅華要到省城來的事情，而且當時我好像還發了牢騷。我想不到這傢伙的記憶力這麼好，這樣的事情竟然都還記得清清楚楚。不過我對他的話不以為然，「隨便吧，我不想交那樣的朋友。」

「馮笑，你不要這樣，你不在乎你父母也會在乎呢。誰希望自己的孩子在當地被人家胡說八道？人家會說你現在不得了了，連同學都不認了，架子太大了看不起家鄉人什麼的。」他繼續地勸我道。

我確實不想見他們，「真的無所謂，隨便他們怎麼說吧。那個羅華也不是什麼好女人，她如果在外面亂說我的話……哼哼！」

「呵呵！原來是這樣。你是不是發現羅華的什麼事情了？算啦，你別這樣。我可是好心勸你。馮笑，你是我的鐵哥兒們，昨天如果不是你替我擋著那件事情的話，我可差點下不了台，所以我心裏很感激你呢。這件事情你一定要聽我的，沒必要得罪小人的。」他說道。

我「呵呵」地笑，「既然你知道那位彭局長是小人，那我就更應該對他敬而遠之了。」

「你錯了，對待小人首先應該以禮相待，然後才是敬而遠之。以禮相待後他們才不會在背後說不利於你的言語，然後敬而遠之就會讓他們感覺到你的威嚴不可冒犯。就一頓飯，來吧，我安排好了，還是上次請他們吃飯的那地方，省政府外邊的那家酒樓。」他再次勸說我道。

「好吧。」我只好答應了。因為我覺得他說的確實很有道理。

「最好你馬上給她回個電話解釋一下，客氣一點，就說是我跟你說他們來了。你上午不是在做手術嗎？這件事情你隨便解釋吧。」他隨即又說道。

我唯有歎息：因為我想不到這件事情竟然如此的麻煩。

首先把羅華的號碼從黑名單裏放出來，想了想後才開始撥打。

「馮笑，你很過分啊？」電話接通後，即刻傳來了羅華那濃重的家鄉口音。

「對不起，上午我在做手術，下來後又累又餓，根本就沒看電話。下午在大學這邊做實驗，這裏可能沒信號，結果我剛剛從實驗室出來就接到康得茂的電話了，這才知道你在找我，結果我才看到手機上好多你的未接來電。」我急忙地解釋道。

這是我剛才想好後的說辭，應該沒有什麼漏洞。

「這還差不多。」她頓時笑道，「馮笑，我和我老公現在正在省政府接待室裏，你先過來吧。康得茂已經安排好了晚上吃飯的事情了。」

我心裏很煩：你什麼人啊？不就是我的小學同學嗎？幹嘛我現在就要來陪你？怎麼覺得你比你們龍縣長還拽啊？

當然，我只是在心裏腹誹，嘴裏卻在說道：「我現在還有點事情。本來我們大學的校長讓我今天晚上出差去北京的，但是聽說你們來了，我就只好推到明天去了，現在校長還在等著我說事情呢。晚上我一定到，對不起啊。」

「這樣啊，你真是大忙人啊。好吧，那我們晚上見。」她說。隨即掛斷了電話。

於是我又在心裏腹誹：靠！怎麼像領導啊？

隨即我自己也覺得自己有些過分了：人家不就是那天第一次和你見面的時候顯得高傲了些嗎？馮笑，你的氣量也太小了吧？

這下好了，實驗沒法做下去了，因為我的心已經再也無法靜下來。歎息了一聲後開車回家。

回到家後，看見菜菜正抱著孩子在逗他玩，孩子發出清脆的「咯咯」笑聲。我的心情頓時好了起來，「菜菜，孩子好像很喜歡你哦。」

「這孩子很好玩。」她笑道。

我朝她走了過去，孩子即刻朝我伸出胖胖的雙手來，我的心情更好了，隨即去將孩子接了過來。我發現，孩子長得越來越像陳圓了，剛出生時像我的那些特徵在慢慢減弱。

「親爹就是不一樣啊。我逗了他這麼久，一看見你就跑了。」菜菜埋怨孩子道。

我頓時大笑起來，同時從心裏升騰起一股柔情。是啊，他是我的兒子，當然對我親了，俗話說血濃於水，看來還真的沒有錯。

這時候保姆出來了，她問我道：「姑爺，晚上想吃什麼？」

我朝她苦笑道：「今天又不能在家裏吃飯了，我一個老同學來了。哎，沒辦法。對了，我明天還要出差去北京，陳圓就只好等我回來後才能接回來了。」

「我還沒去過北京呢。」旁邊的菜菜說了一句。

我即刻笑著對她說道：「今後這樣的機會很多的，其實我也是第一次去那個地方。對了阿姨，菜菜和你商量過沒有？你們怎麼決定的？」

「既然她想去讀書，我們也就只好支持她了。」保姆說。

「目前經濟上有什麼困難嗎？」我問道。

「……沒，沒什麼困難。」保姆回答說。我發現她有些吞吞吐吐的，於是將孩子遞給了菜菜讓她抱上，隨即從錢包裏取出四千塊錢來，「阿姨，我問過了，這學期需要接近四千塊錢的學費，這些錢你拿著。其實我的想法也一樣，只要菜菜想要學習，我們都應該支持她才是。」

「這怎麼行？」保姆沒有來接過錢，她顯得有些慌亂。

我笑著對她說道：「阿姨，你在我家裏做保姆這麼長時間了，其實我也知道我們給你的工錢比較低，這些錢就算我對你的補償吧。」

「已經給得夠高的了，現在都是這樣的價錢。」保姆說。

於是我又道：「這樣吧，這些錢就算是我資助菜菜讀書的吧。菜菜應該叫我叔叔，這也算是我這個當長輩的一點心意吧。」

說完後我即刻將錢放到了保姆的手裏。保姆頓時感動了，她的眼裏淚花花的。我不禁感慨：農村人就是這麼老實，一點點錢就會讓他們從心底裏感激不已。

隨即我給余敏打了個電話：「麻煩你讓你公司的人給我訂一張明天去北京的機票。明天的，時間不要太早，也不要太晚就行。」

「那你把你的身分證號碼告訴我吧。」她說，隨即才問我道：「你去北京幹什麼？」

「出差。開會。」我回答說，不想讓她知道自己的那些事情。

「我也想去。可以嗎？最近公司裏反正沒事情。」她說。

我頓時為難起來，「余敏，公司還是應該先維持下去，你這樣守株待兔可不行，萬一後面出了什麼事情的話怎麼辦？呵呵！我不是說出什麼其他的事情，是說萬一今後招標過程中無法控制的話怎麼辦。這樣的事情經常發生，你是知道的。」

「有你在，不會的。」她說。

「任何人都不敢保證那樣的事情絕對不出差錯的。」我即刻嚴肅地對她說道。

「你不會出差錯的，因為你知道我要掙錢養我們的孩子。」她說。

我頓時無語。

「算了，你自己去吧。我跟著你一起去開會影響不好。」她隨即說道，「我馬上派人去給你訂機票，訂好後馬上通知你時間。」

我還在處於怔怔的狀態時，她就已經掛斷了電話。

第二章

無法抗拒美色

我知道自己在美色面前根本就沒有一絲的抵抗力。
但是我卻感覺到劉夢可能會給我帶來麻煩，
我知道她有一個性格有些懦弱的男朋友。
我學過心理學，對人的性格有所瞭解：
一般來講，性格懦弱的男人都是敏感的，
而且一旦爆發起來的話，將是一場暴風驟雨。

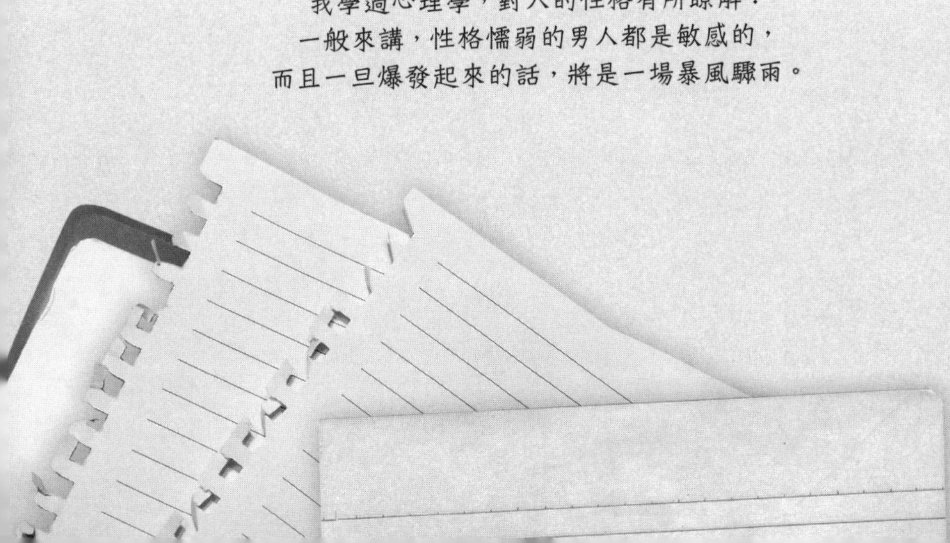

晚上的時候我準時到達了那家酒樓。丁香竟然也在。隨即我就想到這應該是一種必然了，因為羅華是倆口子一起來的，康得茂當然得叫上他的未婚妻來作陪了。說實話，這一刻我感到有些傷感。

羅華看見我後即刻朝我伸出手來，「老同學，你終於來了。」我從她的手裏抽了出來，隨即去與她男人握手，「彭局長，對不起啊，最近確實是太忙了，沒辦法。明天還要去北京出差。」

「理解。我們真不好意思，把你的行程都打亂了。你們校長不會責怪你吧？」彭中華歉意地對我說道。

「沒事，我已經給他說明了。」我笑著說。

康得茂的臉上笑瞇瞇的，隨即去吩咐服務員上菜。服務員給我們每人在倒酒，康得茂說：「彭局長，羅華，今天我們老鄉在一起喝酒，大家一定要喝高興，最好是不要談事情，有事情我們明天再說。朋友在一起喝酒就喝酒，談事情就太掃興了。你們說是不是？」

彭中華笑道：「康秘說怎麼的，就怎麼的吧。」

我心裏對康得茂萬分感激，同時也做好了喝醉的準備，或者一會兒假裝喝醉也得像那麼回事。

羅華欲言又止，但是卻即刻被她男人用眼神制止住了。我都看得清清楚楚的。

我沒有想到彭中華和羅華都是那麼大的酒量，我和康得茂根本就不是他們的對手。幸好到後來丁香上場了，她用一杯酒去敬他們兩個人。

「不行，你得和康秘一起來才行。」羅華說。

「我和他還沒有結婚，這杯酒只代表我自己來敬你們夫妻倆。」丁香說。

「反正你和他是遲早的事情。」羅華又道。

「沒拿結婚證我和他就不是夫妻，我代表的就只是我自己。」丁香說。

「羅華，這杯酒我們該喝。丁老師是大學老師呢，我們應該感到榮幸。」彭中華急忙地道。

他們和丁香喝下了。丁香隨即又倒了一杯酒，「這杯酒我代表馮笑的老婆敬你們。她今天到不了，得茂和馮笑是同學，也是好朋友，所以我可以代表馮笑的老婆敬你們一杯。」

羅華來看我，我笑著說：「她說的沒錯。」

其實，我對丁香以這個話題提出去和他們喝酒很不滿，不過我似乎明白了丁香的意思：她是在提醒我——馮笑，你可是有老婆的人，今後要適可而止。

這樣一來，他們三個人都同時喝下了兩大杯白酒。彭中華和羅華頓時都醉了，丁香的身體也開始搖晃起來。

這一刻，我有些嫉妒康得茂了：丁香可是看見他不勝酒力了才不得已上場的啊，畢竟今天是康得茂在坐莊。

接下來羅華說：「康秘，今天的酒就不喝了吧？我想趁這個機會和馮笑說點事情。」

康得茂口齒不清地說：「今天就算了吧，你們看馮笑也差不多了。他可是有個原則的，喝醉了說的話不算數。」

說實話，我還真的有些醉了，隨即也大著舌頭說：「是啊，得茂，你怎麼知道我這個原則的？」

這句話說出來我就後悔了。有人說，喝醉酒的狀態就是：說出來一句話後發現不該說，但是下一句更不該說的話卻即刻又冒出來。而我現在的狀態就是如此，隨後便去問羅華道：「什麼事情？你說說。」

這句話說出口後，我差點打了自己一嘴巴：馮笑，康得茂這是在替你擋駕呢，你怎麼這麼傻啊？隨即就看見丁香也在悄悄瞪我。心裏更明白了一件事情：她剛才那兩杯酒說不定也是為了我才去和他們喝的。

可是現在後悔已經來不及了，羅華已經在說了：「馮笑，我家在縣城的老街那裏有一套房子，聽說這次舊城改造是你岳父的公司在做。我們想保留那塊地自己把它建成一棟樓房。這件事情想請你幫幫忙說一下。」

這下我頓時清醒了，猛地搖頭，「這件事情可能不好辦吧？舊城改造可是縣裏統一規劃了的，我岳父的公司無法更改那個方案。」

「縣裏只管大的方案。具體的設計是你岳父的公司在制定。這件事情不是那麼難的。」彭中華說。

他們說的事情我一聽就明白了，他們是想利用他們原先的私房所佔用的土地自行開發一棟樓盤。這倒罷了，而且這裏還有一個問題，那就是他們還會因此免費獲得設計的方案。因為對整個舊城改造而言，我那個公司的設計必須合乎縣裏的整體規劃，所以如果我同意他們那樣搞的話，就必須得替他們設計好建築的風格以保持和其他部分的協調。

所以，我覺得這根本就不可能，而且……我正準備說的時候，卻聽康得茂在說道：「彭局長，羅華，你們的意思我聽明白了。這是不可能的，你們應該理解馮笑。其一，舊城改造是一個系統工程，必須按照縣裏的整體規劃來。據我所知，目前具體的建設方案也已經出來了，不可能為了你們那個地方去改動方案的。設計方面的問題相當複雜，動一個小地方就會改變一片的整體設計方案。其二，馮笑在家鄉的親朋好友那麼多，如果你們這樣一搞的話，其他的人也會模仿，這樣一來豈不就把整個方案搞得亂七八糟的了？具體的情況我不是很清楚，但是我估算整個縣城的建築設計方案至少得花費數千萬的資金，如果隨意改動的話，可能會造成公司巨大的損失。」

「縣政府那裏我們自己去協調，這沒問題。」彭中華說。

「這樣吧，今天不說這事了，這不是一件簡單的事情。彭局長，我看這樣，你去縣政府那裏協調好了再告訴馮笑好了。現在八字還沒有一撇的事情，說起來也沒用。你說是不是呢？」康得茂笑著對他說道。

我不禁對康得茂佩服萬分，因為他的話我頓時明白了：只要他或者我去給龍縣長打個招呼不答應彭中華的事情不就得了？我佩服康得茂的原因是，我自己根本就不可能在這一瞬間想出這樣的託辭來。

彭中華笑道：「行，實在對不起啊，馮老弟明天還要出差，今天親自來陪我們。我們更要感謝康秘，還有丁老師，你們這麼忙，還給我們這麼高規格的接待。下次回家鄉來了，你們一定要給我們打個招呼，也給我們一個機會啊。」

「應該的，大家既是老鄉又是朋友嘛。彭局長，房間我已經給你們開好了，就在旁邊的酒店，那裏是我們省政府的定點接待酒店。今天我們就不送你們了，你去到那裏的總台說我的名字就行了，他們會把房卡給你的。明天早上你把房卡放在總台就可以了，到時候我去簽字。」康得茂隨即說道。

彭中華和羅華不住道謝，晚宴到此結束。我長長地舒了一口氣。

「馮笑，你搞什麼名堂？我那兩杯酒不是白替你喝了嗎？」彭中華他們離開後，丁香責怪我道。

我頓時訕訕地笑，「對不起，我喝多了。有些控制不住自己了。」

「我倒是覺得馮笑做得很對的，這樣的事情是遲早要面對的。他們既然來找你了，你想跑都跑不掉。你們看他們今天找你的這種架勢，電話打不通了就跑到醫院去，到醫院沒找到你然後就跑到我這裏來了，完全就是一副不見你誓不甘休的架勢嘛，而且接下來還一定是你不幫忙的話也絕不會放手的。馮笑，這件事情很麻煩的哦。」康得茂搖頭說。

「那怎麼辦？」丁香問道。

康得茂笑著來看我，「馮笑應該知道接下來該怎麼辦了。」

「得茂，這件事情還得麻煩你幫我去給龍縣長說說才是。你要知道，這個專案裏……」我急忙地道，可是話還沒有說完就被他給打斷了，「好吧，我去給龍縣長講。這件事情我去講確實比較合適一些，即使萬一被彭中華知道了也無所謂，他至少還不敢在背後說我什麼壞話，畢竟這個專案和我沒多大的關係。」

我頓時明白了他不想讓丁香知道他有股份在我這裏的事。對此我暗自納罕。

「你們這個老鄉真過分，這樣的便宜都想占。」丁香說。

「這可不是一點點便宜。如果按照他們的設想去做的話，假如他原有的房屋占地有一畝，也就是接近七百個平方左右的樣子，那樣就完全可以修一棟樓了，如果還是高層的話，賺的錢起碼就是好幾百萬上千萬了。你以為他們的胃口小了啊？」康得茂說，隨即搖頭來看我，「馮笑，我怎麼覺得這件事情好像不是我想像的那麼簡單呢？」

我點頭道：「我也覺得。不管了，這樣的事情是肯定不會答應他們的。你說得對，我在家鄉那麼多親朋好友，如果都像他們這樣，這件事情就只有不做了。」

「哎！小人難纏啊。」他歎息，隨即和我分手。

上車後我才發現手機裏有一則簡訊，急忙去看。發現是一個陌生的號碼發來的：機票送到什麼地方？

我急忙撥打回去，「你在什麼地方啊？」

裏面頓時傳來了一個女孩子的聲音，這個聲音我覺得不大熟悉，「我在家裏，我現在就把機票給你送過來嗎？」

「行吧，你家在什麼地方？我開車過來。」我說。

她隨即告訴了我。

到了那裏後，我剛剛將車停下就頓時呆住了，因為我發現車燈的前方不遠處站著的竟然是她，是劉夢。

我心裏頓時對余敏不滿起來：怎麼這麼不聽話呢？不是說了不要讓她和我聯繫的嘛。

可是，現在我卻只好下車，因為她畢竟在那地方等著我，而且就在昨天晚上她還和自己做了那樣的事情。

「你喝酒了？」我到了她面前後，她笑著問我道。

「嗯，今天有個接待。」我點頭道。

「那你上我家裏去喝杯茶吧，醒醒酒。酒後駕車很危險的。」她邀請我道。

我搖頭，「不了，我開慢點就是。明天幾點的飛機？」

「上午九點二十的，可以吧？」她問我道。

「太好了，謝謝。那你把票給我吧，多少錢？」我說。

「票在我家裏呢，上去喝杯茶吧。」她說，隨即過來抱住了我的胳膊，嘴唇在我耳邊低聲地道：「我家裏就我一個人。」

我的內心開始掙扎起來。我痛恨酒精，因為它使得我在這一刻意亂情迷起來。不過，我開始克制住了我自己，「我真的不上去了。劉夢，麻煩你去把我的票拿下來吧。謝謝你。」

「……好吧。」還好的是，她終於答應了。

隨即，她鬆開了我的胳膊，然後進入到了前面不遠處的一個樓梯口裏去了。我坐到車上去等候。我不敢站在那裏，因為我害怕自己的意志會發生動搖，同時也擔心她男朋友可能會忽然來到。

不多久她就下來了，手上拿著一個白色的信封樣的東西。我估計那個信封裏裝的就是機票。

果然是，她將那個信封遞給了我，「你的票。」

「多少錢？」我拿起自己早已經放在外面的錢包問道。

「余敏說了，這是公司給你訂的票，不要錢的。」她說。

這下我不好說什麼了，因為對於余敏來講，這點錢我給出去確實顯得不倫不類。

隨即我開車離開，聽到她大聲地在吩咐我道：「你今天喝了酒，明天可要早點起床啊，不要耽誤了飛機。最好九點鐘以前趕到機場。」

「謝謝！」我對她說了一聲後，將車快速地開出了她所住的這個社區，如同逃跑一樣。

在路上的時候，我給余敏打了個電話，主要是批評她，「你幹什麼？怎麼讓劉夢給我送票來？我不是給你講過嗎？不要讓她來和我接觸了，你怎麼就不聽呢？」

「我沒有讓她給你送票啊？」她的聲音很詫異的樣子，「我讓公司的小胡去買的票，然後讓小胡直接聯繫你。」

我頓時明白了，肯定是劉夢知道了這件事情，於是從小胡那裏拿到的票。我不禁苦笑。

她沒聽到我說話，隨即又道：「我真的沒有讓她給你送票。哥，你說的話我怎麼可能不聽呢？」

「我知道了，可能是她在無意中知道了這件事情。沒事。余敏，你要好好保養身體才是。我還是覺得你最好……算了，你自己看著辦吧。」我說，本想再次勸她將孩子拿掉的，但是我知道說了也是白搭，因為她已經把這孩子當成了一種奇蹟。

她低聲在說，聲音裏透出一種欣喜，「哥，我今天又去檢查了，我確實懷孕了。你不知道，我今天高興了一整天。哥，太好了，我終於可以當媽媽了。」

我對著話筒歎息了一聲，隨即掛斷了電話。

隨即拿起機票來看，果然是明天上午九點二十的。價格倒不是很貴，也就不到兩千塊錢的樣子。

第二天一大早我就起床了，吃過早飯後準備出門搭車去機場。我直到現在都沒有給章詩語打電話，我擔心她那脾氣會對我避而不見，因為我不敢保證她是否歡迎我去替她處理所發生的事情。而且直到現在我都沒有問她究竟發生了什麼事，我想：到了那裏後她一定會見我的，到時候也就什麼都知道了。

我也沒有給莊晴打電話，因為我暫時不想讓她知道我是因為章詩語的事情去北京的。等我把章詩語的事情處理好了後再聯繫她吧。我心裏是這樣想的。

計程車在候機大廳的外面停下後，我即刻朝裏走去。這裏雖然也是人流如織，但是我卻感覺到自己的內心有著一種難言的孤獨。不由得歎息了一聲，隨即進入到候機大廳裏。猛然地我忽然呆住了——

我看見，就在我前方不遠處，劉夢站在人流中笑吟吟地在看著我……

我萬萬沒有想到會在這地方看見她，難道她是來送我的？不會吧？

「你怎麼會在這裏？」帶著詫異與疑惑，我過去問她道。

「我也到北京出差啊。」她歪著頭看著我笑。今天她穿著一件米色的風衣，長髮飄飄，看上去很是清秀漂亮。

我愕然地看著她，心裏想道：不會這麼巧吧？隨即又問她道：「你是幾點的飛機？」

「和你一班的啊，昨天小胡去給你買票的時候，我也順便買了一張。走吧，我們去安檢、換登機牌。」她笑吟吟地看著我說。

現在我才發現自己真的很傻，明顯的嘛，今天一看到她就應該知道她是要和我一起去北京了。對了，昨天晚上我離開她那裏的時候，她怎麼對我說的？「明天可要早點起床啊，不要耽誤了飛機。最好九點鐘以前趕到機場。」

現在想起她當時說話的口氣來，分明就是在約我同時登機嘛。

不過……「劉夢，你實話告訴我，你去北京究竟是幹什麼？」

「我一時心血來潮，忽然想和你一起去北京玩玩。我沒去過那裏，正好你要去，這樣的機會多好啊？你也可以給我當導遊。我擔心你不同意我和你一起去北京，所以才沒有告訴你。」她回答說。

我心裏有些不悅，「我到北京是去辦事的，而且我也是第一次去那裏，怎麼給你當導遊啊？」

「你去辦你的事啊，我不會影響你的。余敏對我說過，讓我今後好好照顧你。聽說你要出差去北京，所以我就即刻決定和你同行了。」她笑著說，隨即來挽住了我的胳膊。

這是公共場所，我不好強行拒絕，不過嘴裏還是在說：「劉夢，我不需要誰照顧，我又不是小孩子。」

「我沒有說你是小孩子啊？你是男人，是幹大事情的男人，你需要女人照顧的是不是？」她卻依然嬌聲地在對我說道。

雖然她沒有說陳圓的事情，但是我感覺到她肯定知道這件事情了，因為她話中的意思已經很明顯了。不過，我還是不能接受她，「劉夢，你可是有男朋友的人。你別這樣。我可不想惹什麼麻煩。」

她的唇遞到我的耳畔，輕聲地對我說道：「你怕什麼啊？我不喜歡他，是我父母非得讓我和他在一起的。」

我在心裏冷笑：你這樣的話鬼才會相信！現在都什麼年代了？父母之命媒妁之言還起什麼作用！明明是你從余敏那裏知道了我可以幫你們發財，你才這樣來對我好的。

不過我這人心軟，像這樣內心腹誹的話實在說不出口。

「走吧，時間差不多了。」她的手在我胳膊上輕輕拉了一下。

我在心裏歎息了一聲，隨即朝安檢處走去。我想，現在我們兩個人的樣子在別人看來肯定認為我們是情侶無疑。

坐到了飛機裏的座位上，她的身體緊緊依偎在我身體的一側，雙手也是緊緊地挽住我的胳膊，「馮笑，我好害怕。我還是第一次坐飛機呢。」

「別怕，既然坐上來了就不要去想害怕的事情了。你要不想害怕的話，有一個最簡單的辦法。」我笑著說。

「什麼辦法？」她問道。

「馬上下飛機！在地上的感覺總比在天上踏實。」我回答說。

「我才不呢。什麼事情都有第一次，不嘗試一下怎麼知道坐飛機是一種什麼樣的感覺啊？」她說道，聲音嬌嗔。

「劉夢，你男朋友知道你去北京的事情嗎？」我心裏始終在想著這件事情，也對此一直感到惶恐不安。

「知道。」她說，「我也對他說了，我是陪你一起去北京的。」

我頓時怔住了，「你……」

我沒有想到她會那樣告訴她的男朋友，不過我心裏根本就不相信。

可是，她卻繼續在說道：「真的。我說陪你去北京開一個醫療器械的產品展銷會。以前我一直在做這一行，曾經還陪過幾位醫生一起去過泰國。你知道的，醫藥公司每年都要組織醫生出去遊玩一次。所以他已經習慣了，因為這是我的工作。」

我的身體即刻動了一下，因為我從她剛才的話裏已經聽出她前面是在對我撒謊了，「劉夢，你不是告訴我說你從來沒有坐過飛機嗎？你不要說你陪那些醫生去泰國的時候坐的是火車或者是長途汽車啊？」

本以為她會即刻尷尬起來的，可是我錯了，因為我即刻聽到她在輕笑，「馮笑，你討厭！人家想讓你好好呵護我的嘛。真是的，還是婦產科醫生呢，連我們女人的這點心思都不懂。你假裝相信不就得了？」

從昨天晚上與她見面後，我就始終感覺她與余敏有些不同，但是卻一時間想不出來她們不同的地方是什麼。現在，我終於明白了。

劉夢在我面前很隨便，完全沒有余敏最開始時候的那種戰戰兢兢的模樣。準確地講，我和余敏是在經過床上多次磨合之後才變得親熱隨便起來的。而劉夢就完全不一樣了，我和她其實並不熟悉，雖然那天上午和她做了那樣的事情，而且還是和余敏一起做的，但是她離開後我總覺得她在我的腦子裏很模糊。

其實在那件事情過後我一直很後悔，同時也很痛恨自己太過墮落。我現在完全知道了自己在美色面前根本就沒有一絲的抵抗力。但是我卻非常敏感地感覺到劉夢很可能會給我帶來麻煩，因為我知道她有了男朋友，而且還聽說她男朋友的性格有些懦弱。我學過心理學，對人的性格有所瞭解：一般來講，性格懦弱的男人都是敏感的，而且一旦爆發起來的話，將是一場暴風驟雨。

這就如同火山一樣，常年在噴射的火山其實並不可怕，可怕的是那些沉寂已久的火山忽然爆發，因為那是一種醞釀了許久的力量。

可是，劉夢太主動了，而且性格活潑可愛，可恨的是她卻恰恰是我喜歡的那種女人的性格，因為我的內心太需要陽光了。所以，現在我只好不再說什麼。我的沉默就已經表示了我的接受。

第三章

陰謀？

我的背上開始流汗：難道這件事情並不是那麼簡單？
難道這裏有著林易的某種陰謀？如果真的是這樣的話，
那麼章校長讓我到北京來的意圖就十分明顯了。
他是想通過我在說服他女兒的同時，還要去做林易的工作。
想到這裏，我心裏頓時更加煩亂起來。

我們入住到了北京飯店。

這是一家五星級酒店，房價可比我們江南高多了。酒店很有特色，每一處的設計都彰顯出了一種特有的文化氣息。我選擇這家酒店主要是它位於故宮附近，去天安門和王府井很方便。我們的房間是故宮景房，在房間裏就能將故宮美景收歸眼底六七成。房間設施很豪華，特別是傢俱極富古典氣息。

我很滿意。

「這裏太好了。我去洗澡。馮笑，現在你沒事情吧？如果我們在這張床上做的話很舒服。你說是不是？」劉夢過來緊緊將我抱住後說道。

她的嬌嗔、青春，還有美麗頓時讓我怦然心動。

「啊……」她忽然地輕呼了一聲，隨即輕輕打了一下我的後背，「馮笑，你真壞，下面都起來了。別急啊，我馬上去洗澡。」

她隨即朝洗漱間裏跑去了，不多一會兒我就聽見裏面傳來了「唰唰」的水聲。

我做了幾次深呼吸，隨即走到窗邊去看窗外氣勢恢宏的故宮景色，目的是為了轉移自己的注意力。因為我現在必須要給章詩語打電話了。

電話通了，可是她卻沒有接聽。於是再次撥打……依然如此。可能是她人機分離了或者把手機放在包裏了吧？我心裏想道。在我的心裏有一點是比較有自信心的：她不會不接我的電話。

幾次冒出給莊晴打電話的念頭，但是都被我克制下去了，我告訴自己說：一定要先辦完了章詩語的事情再說。

昨天在學校行政樓裏的時候，章校長並沒有告訴我具體的細節，只是說章詩語好像出了什麼事情。當時我並沒有問他具體的東西，因為我看出了一點，可能他也不知道。所以我就判斷是他從電話裏章詩語說話的情緒中感覺到的。作為當父母的來講，自己孩子這樣的情緒是很容易感覺到的。

由此，我心裏忽然感受到了一種責任，一種被他信任的責任。

有時候自己也覺得自己有些賤：明明是人家在利用你，但是心裏反倒覺得很榮幸。比如章校長這次委派我的這件事情，還比如正在洗澡的這個女孩子。很明顯，她來陪我是有意圖的。不過我還不至於傻到相信她愛上了我這樣的程度。

電話沒人接聽，我的思緒又返回到洗漱間裏「唰唰」的流水聲去了。我的腦海裏頓時開始想像她現在旖旎的景象。

現在，我已經放棄自己內心克制的願望了，我心裏在想：反正她已經和自己發生過了，反正她是自願的，反正我最終是要幫她的，在幫余敏的同時也就幫了她了，這樣的事情不做白不做。

我發現，只要自己願意說服自己，總是會有千萬條理由的。

水聲停了，我心裏頓時激動、躁動了起來：她馬上就要出來了，她的身體將馬上展示在我的面前，自己腦海裏對她模糊的印象將即刻變得清晰、真實起來。

洗漱間的門響了一下，她出來了，頭髮濕濕的，身上裹著一條白色的浴巾，白皙修長的身體除了中間重要的部分之外全部裸露在外面。也許是剛剛洗過澡的緣故，她的臉還是紅撲撲的，看上去嬌豔迷人。我的心跳頓時加速。

「看什麼呢？」她嬌嗔地在問我道。

我喃喃地在說：「你真漂亮。」

她笑，「那是當然，我身體的每一處都很漂亮，那天你沒注意看我吧？今天太好了，我可以獨享你了。」

在首都的這家酒店裏，我們極盡纏綿。在我們歡愉的整個過程中，她的嘴裏還在不停地浪聲浪語……

許久之後，我聽到自己的手機響了起來，我明明知道這個電話可能是章詩語打來的，但是卻根本就不想去接聽。

現在正是我最關鍵的時刻，我已經感覺到自己即將噴發，然而手機卻在那裏無休無止地嘶聲鳴叫，這讓我頓時分心……

匆匆結束後，在酒店的門口處，我搭上了一輛計程車，根本就無暇去看眼前天安門一隅漂亮宏大的景色。我對計程車司機說了自己要去的地方後，才發現我們去的方向是遠離天安門的地方。

那是一家五星級酒店，我進入後直接去往二樓。剛才章詩語是這樣告訴我的。

到了二樓後才發現這裏原來是一個裝修優雅而且有著濃郁歐洲風格的咖啡廳。進門處是一架大大的白色鋼琴，一位漂亮的長髮女子正在靈動地彈奏著，一串串動聽的音符不住地從她的雙指間飄散開來，瀰漫在帶有芳香氣味的空氣中，飄入到了我的耳朵裏。我頓時沉醉了，同時也憂傷了，因為那些飄盪在空氣中的音符讓我猛然地想起陳圓來。我閉上了眼睛，腦海裏浮現的是她曾經美麗的身影。

忽然，我感覺到有人在拉住我的胳膊，即刻地睜眼，發現是章詩語。她在看著我怪怪地笑。

我頓時有些不好意思起來，「真好聽。」

她笑著說：「想不到你還懂音樂。」

我不禁苦笑，「你這話可真夠損人的。」

她詫異地問我道：「我怎麼損你了？」

「第一，難道我就不可以懂音樂嗎？第二，在我們江南，不懂音樂可是不懂事的意思。」我笑著說。

她頓時笑了起來，「這樣啊？我還是第一次聽見這樣的說法。」

我隨即道：「其實不懂音樂的應該是你。我千里迢迢從江南趕來看你，但是你卻好像一點也不歡迎我的樣子。」

「哎呀！我還不是想到你是我爸爸讓你來的才心裏煩嘛。而且你可能根本就不瞭解情況，所以我不想讓你來勸說我。」她的手抱住我的胳膊在搖擺，撒嬌的她很可愛的樣子，而且看上去很清純，根本就不可能想像到她在床上是那種樣子。

不過她的話倒是引起了我的好奇，「究竟什麼事情啊？」

「走，我們去坐下再說。我等了你好久了。」她拉著我朝前面走去。

「堵車啊。北京這地方竟然這麼堵車，幹嘛還有那麼多的人要往這裏跑？真是不理解。」我搖頭苦笑著說。

「是堵車，但是一般沒那麼嚴重的。主要是有時候有大人物通過才會造成長時間的堵車。不過可以坐地鐵啊？那樣很快。」她說，隨即帶我去到了靠窗邊的一處位置坐下。這裏已經有了一杯咖啡了，很明顯，這是她剛才喝過的。

「你要什麼咖啡？」她問我道。

「我喝什麼咖啡啊？我還沒吃午飯呢，餓死我了。」我說。

「我也沒吃，那我們就在這裏吃吧。這裏的西餐不錯。」她說。

我覺得這樣倒也可以，這樣一來我們就不用換地方了。在這樣一座擁擠的城市裏，換一處地方去吃飯也是需要勇氣的。

她要的是牛排。我要了個海鮮套餐，還有一杯摩卡咖啡。這時候我才發現自己面前的她似乎有些不大一樣了。因為我看見她右手的中指上帶著一隻漂亮的鑽戒。我記得女性中指上的戒指表示訂婚或者名花有主，難道……還有，我注意到了她身上的衣服質地很好，而且款式設計很精緻、高雅，應該不是一般的品牌。還有，她的耳垂上帶有漂亮的耳環，綠瑩瑩的像水滴，頓時讓我眼睛驟亮起來。我這才去注意她身旁剛剛被她放到空椅上的那個包，竟然是傳說中名貴的ＬＶ包，而且樣式很新潮。

我似乎明白了，於是問她道：「你談戀愛了？對方很有錢是不是？」

她輕輕地用小勺在攪動著她面前那杯咖啡，「是。」

「你爸爸不同意是不是？」我又問道。

她停止了攪動咖啡，抬起頭來看我道：「是。」

本來我應該完全明白是怎麼回事了的，但是我卻感覺到自己現在更加疑惑了：這麼好的一件事情，章校長怎麼會不同意呢？而且他讓我來勸她是什麼意思？

於是，我忍不住地繼續問她道：「那你可要告訴我，你爸爸為什麼不同意？」她卻沒有回答我，繼續在攪動她面前杯子裏的咖啡。我知道，她這是在猶豫。

服務員給我們端來了我們點的食物。我餓極了，開始快速地吃了起來。現在，我不想去問她，一是我需要補充能量，二是我要給她思考的時間。不過我相信她肯定會告訴我的。

我想：這件事情肯定很不一般，要麼是她的男朋友可能坐過牢，要麼是有某種惡習，不，還有一種可能：男方的父母與章校長有仇。

還有……算了，不用想了，有些事情是分析不出來的。

於是我安心吃東西。她也開始用刀叉切割她面前盤子裏的牛排，隨後用叉子叉了一小坨然後優雅地送入嘴裏，開始慢慢咀嚼。我發現眼前的她完全變了一個人似的，變得優雅了，而且還有一種傳說中貴族般的韻味。

我更加納罕。

我們都不再說話，都在各自吃著自己盤裏的東西。但是我知道，她的腦海裏肯定也和我現在一樣的紛繁複雜、思緒萬千。

我最先吃完了飯，其實我的分量還多些，只不過我吃東西的速度很快。隨即我將盤子朝側邊推了一下，然後靜靜等待著她吃完。

終於，我看見她也將她面前的盤子朝前面輕輕推動了一下，隨即輕聲地歎息了一聲。我發現她盤子裏還剩有不少。

我依然沒有說話，就這樣靜靜地看著她。

她開始說道：「北京不是一般人可以待的地方。」她終於說話了，隨即又是一聲輕輕的歎息，「馮笑，我的情況你知道，本來有我父親，還有你岳父的支持，我應該很快可以進入演藝圈，但是我發現這件事並不容易。那些導演都是騙子，他們看重的都是我的身體。這次你岳父拿出一筆錢贊助了一部電視劇，本來說好了我演女一號的，但那導演卻臨時變卦，讓我去演配角！於是我和他大吵，沒想到他竟然提出要把你岳父贊助的那筆錢退回去。後來你岳父對導演說，錢就放在那裏吧，算他投資。算了，我不說了，總之我很失敗。我想，其實我還可以走另外一條路……」

她的話讓我明白了幾點：第一，看來她的演技肯定不是一般的差，不然的話那位導演不會連贊助都不要的。第二，那位導演應該是一位很有責任感的人。第三，林易可能正是看到了那位導演的這種品質，才願意把那筆錢作為投資繼續放在那部電視劇裏。要知道，林易的投資眼光可是非同尋常的敏銳的。第四，章詩語肯定絕望了，極度絕望了，所以才決定嫁人。

不過，她最後的那句話還讓我明白了一點：她並沒有像她說的那樣淡然起來，因為她接下來還說了一句：其實我還有另外一條路可以走的。這說明了什麼？這說明在她的內心裏根本就不甘心！很明顯，她正在試圖通過婚姻來改變她自己目前的命運。

她是一個好強的人，和莊晴一樣好強。但是莊晴與她不一樣，可能莊晴比她有天賦，更可能莊晴比她更珍惜自己來之不易的機會。

我隨即歎息，「詩語，於是你就決定嫁人了是吧？你還是想走演藝這條路是吧？你的男朋友很有錢，他可以花更多的錢贊助你是吧？」

她卻在搖頭，「你只說對了一半。我的男朋友不是贊助我，是他本身就是一位導演。我向他提出，自己嫁給他的條件就是要讓我在他的新劇裏飾演女一號。」

我心裏不禁歎息：這何嘗又不是一個好的途徑啊？不過我依然疑惑，「那麼，你父親為什麼不同意呢？」

「因為，因為他的年齡比我父親還大……」她低聲地說了一句。

我頓時大驚，禁不住失聲地問她道：「詩語，你瘋了？」

剛才，我想到了各種原因，但是卻萬萬沒有想到竟然是這樣一種情況！現在看來，章校長已經完全知道了他女兒的所有事情，只不過他實在是無法說出口罷了。由此我感覺到了他對我的特別信任。要知道，這樣的事情對他來講可是一種極大的羞恥啊。他是什麼人？大學校長，博士生導師，但是自己的女兒卻準備去嫁給一位比他自己年齡還大的男人，這讓他如何能夠接受？

別說是他，就是我也無法接受這個現實。

而問題的關鍵是，從那個男人送給章詩語的這些東西來看，他應該還是一位比較有身分的、知名的導演，不然的話他哪來那麼多的錢？這就預示了根本無法從對方的身上打開缺口。也許在那樣的人心裏，他根本就沒有把一位大學校長看在眼裏，更何況我這樣一個小小的婦產科醫生了。所以，我即刻了解自己如果去找他的話，是根本不起任何作用的。

猛然地，我想起一件事情來。

剛才章詩語說到了林易。她說林易後來並沒有把那筆錢拿回去，而是以投資的方式重新用於了那部電視劇的拍攝。

由此我不禁想起林易曾經對我說過的一句話：要控制住章校長，就必須先控制住他的女兒。

我的背上開始流汗：難道這件事情並不是那麼簡單？難道這裏有著林易的某種陰謀？如果真的是這樣的話，那麼章校長讓我到北京來的意圖就十分明顯了。他是想通過我在說服他女兒的同時，還要去做林易的工作。

想到這裏，我心裏頓時更加煩亂起來。

可是，章詩語卻在看著我，她在問我道：「馮笑，你也反對我的這個選擇。是不是？」

「當然反對了。你想過沒有？那麼一個糟老頭子，你和他結婚後怎麼可能會有幸福？」我回答說。

「愛情是沒有年齡界限的！」她說。

我頓時失聲而笑，「愛情？詩語，如果你對他真的有愛情的話，我啥也不說了，絕不再勸你一句話。你這明明是自欺欺人。」

她頓時不語，一會兒後忽然對我說道：「好，我承認自己並不愛他。但是馮笑，你願意娶我嗎？你已經結婚，同時還和我睡覺，而且肯定還不止我一個女人。馮笑，你不會是捨不得我才答應來勸我的吧？」

我內心的火氣「騰騰」直往上冒，但是卻即刻頹然了。因為她的話說得沒錯，她現在這樣我真的有些難受，而且……還有些許的醋意。

「對不起，也許我不該這樣說。」她再次看了我一眼，低聲地道，「不過馮笑，我實話對你講吧，我是覺得自己還年輕，賭得起，也耗得起。」

「你想過你父親沒有？你這樣做會讓他多麼難堪？他可是大學校長，今後怎麼去見他的領導和同事？」我問她道，心裏暗暗地替章校長感到難受。

「我是為了自己在活著，不是為了他。何況，我不去賭一下怎麼知道自己能不能夠成功呢？當年我父親還不是賭了一次後才成功的？」她淡淡地說道。

我頓時驚訝了，「你父親？他賭什麼了？怎麼賭成功的？」

「馮笑，為什麼你那麼肯定我和他在一起不會幸福？」她並沒有回答我的那個問題，而是這樣在問我道。

我也只好暫時把自己的那個問題放下，於是說道：「很簡單，你們的年齡相距太大。俗話說三年一個代溝，結婚後你就會發現言語上的代溝實在有問題，因為你們可能根本就無法交流。詩語，有句話我可能不該說。你說得對，我不止你這樣一個女人，但是我實話告訴你，你是我遇過在床上最厲害的女人了。我自認自己還年輕，床上功夫也還算厲害，但在你面前我根本就不是對手。詩語，我不知道你現在和他睡過覺沒有，但他肯定無法承受你，這是必然的。所以，我覺得你們的婚姻肯定不會維持多久的。你好好想想就應該明白了。」

她又是不語。我坐在那裏微微地歎息。

「不，我決定了的事情是不會改變的。」一會兒後她倔強地道。

「詩語，你這是何苦呢？」我的聲音如同在哀鳴。

「我父親當年都賭了一把，我也要賭。我爸爸說了，他要和我斷絕父女關係，現在我只有依靠這個男人了，其他的人都靠不住！」她說。

我愕然地看著她，發現她的雙眼竟然已開始流下眼淚。

現在我知道了，其實她的內心也很痛苦。

不過我依然認為她是一個過於追求夢幻的女孩，甚至她的這種追求太過不符合實際，太過冒險了。在我看來，她的這種所謂的賭博，其實就是一種飛蛾撲火。

章校長曾經也像她這樣賭博過？他在什麼事情上賭過？是如何賭的？現在我非常的好奇。

此時，我忽然想起一件事情來：章詩語好像很少在我面前提及過她的母親，難道……

「你父親當年怎麼賭博的？可以告訴我嗎？」我按捺不住內心的好奇，即刻地問她道。

她搖頭，流淚，卻並沒有回答我。

「你媽媽呢？我很少聽你說起過你媽媽。只記得聽你說過她喜歡打麻將。難道你的事情你媽媽一點都不管？」我終於問出了我內心裏的第二個疑惑。

「我現在的媽媽不是我親媽。」她說，聲音幽幽的。

我頓時明白了。我說呢，她怎麼很少提及自己的母親。於是我又問道：「那麼，你的親生母親呢？詩語，對不起，可能我不該問你這個問題。」

「我媽媽很漂亮。當時我父親就是一個很平常的內科醫生，有一次父親帶著母親去參加衛生廳裏一位領導的聚會，結果那位領導喜歡上了我的母親。後來的事情你應該想得出來了吧？那年我才八歲，剛剛懂得大人某些事情的年齡。」她說，神情淡然的樣子，好像是在說別人的事情。

我當然明白了，不過還是有些奇怪，「你父親當時是一般醫生，衛生廳裏的領導怎麼可能邀請他去參加那樣的聚會呢？」

問到這裏，我頓時明白了，「當時醫院的某個領導帶他去的吧？」

她沒有回答我，而是繼續地道：「我父親也正因為這件事情才覺得一直對不起我，所以事事都很依從我。不過我在心裏很恨他。因為他那件事情做得太過分了。其實他也很內疚的，雖然後來和另外一個女人結了婚，但是我也看得出來他對他現在的女人並不好。」

我似乎明白了她如此叛逆的緣故了，「詩語，你要知道，你父母是你父母那一代的事情，也許有些事情你並不懂。但是你自己的事情千萬不要這樣去做，一個人是沒有後悔藥可以吃的。我很擔心你，擔心你的未來。真的，我希望你在這件事情上面再好好考慮一下。」

她微微地搖頭，「馮笑，我知道你是好心。其實我這樣做並不完全是你認為的什麼逆反，更不是對我父母的報復。逆反和報復對我來講毫無意義，但是我需要一個機會。莊晴那樣的人都可以成功，為什麼我不可以？我始終不服這口氣。」

「詩語，你走這一步的話，即使你成功了也沒有人覺得你很值得的，反而地，可能還會有很多人看不起你。我的話很直，但是我說的都是真話，都是為了你好。希望你能夠理解我的這一片苦心。」我依然沒有放棄對她的勸說。現在，我覺得自己並不是因為要完成某種任務才這樣在做了，而是因為我感覺到自己身上有一種責任感。

章詩語畢竟還很年輕，而且過於好強。這本來是優點，但是她選擇這樣的方式就很不值得了，這完全是一種衝動。雖然她不承認自己是逆反或者報復，但是我知道那些東西在她身上都是存在的。

她父親對她百依百順，但是她卻不能讓她父親看到自己的成功，這就讓她感到很不服氣，而且在她的心裏是非常蔑視她父親當年的那種做法的，於是她試圖通過自己的努力去獲取成功。可惜的是她卻依然走入了那個需要走捷徑的怪圈裏去了。

我相信自己的分析很有道理，所以我才更加苦口婆心，更加替她感到擔憂。

她的手機在響，她從包裏將手機拿出來後開始接聽，我發現她使用的手機也是非常高檔的，是才出來的新款。

她對著電話說了一句：「我在外面逛街呢！」隨即就站起來朝一邊走去了。我可以肯定她的這個電話就是那個老男人打來的，因為章詩語的語氣，還有她說的那句話就已經告訴了我。

我是第一次看見她這樣小心翼翼說話的樣子。難道真的是一物克一物？

不多久她就回來了，並沒有坐下，而是即刻去拿她的皮包，「馮笑，我得走了。對不起，我不能陪你坐了。謝謝你的午餐和咖啡。」

她只是朝我笑了笑，然後就快速離開了。只是朝我笑了一下。

我心裏頓時有了一種憤怒：我那麼遠從江南趕到這裏來，你竟然就這樣離開了！你這樣也太過分了吧？老子不管了，懶得管你的事情！

我招手讓服務員來收拾乾淨桌子，正準備買單，卻忽然想繼續在這裏坐一會兒，於是便吩咐服務員再給我來一杯同樣的咖啡。

現在，我面前的桌上很乾淨了，咖啡散發出的香氣也讓我感到了迷醉。側身去看窗外下方的車流和行人，我這才感覺到自己在這個陌生的城市裏是如此的孤獨。

坐了一會兒後，我拿起電話開始給章校長撥打，「對不起，章校長，我沒能完成您交給我的任務。她並不聽我的話，我什麼都給她講透了，但是她依然不聽。我們一起吃的午飯，她剛才接到一個電話後就離開了，估計是那個人打來的電話。」

「算了，就當我沒生這個女兒吧。」電話那頭的他在歎息，從他的聲音中．我聽到了一種蒼涼。

本來在聽了章詩語的講述後，我開始再次對他殊無好感，但是現在聽到他如此蒼涼的聲音後，頓時對他產生了同情。因為我曾經在很長一段時間裏也有過內心蒼涼的感受。當我在內心裏對陳圓能夠醒來開始失望的那段時間。

「章校長，她畢竟是您的女兒。斷絕父女關係從法律上講是說不通的。我想，您最好自己去和那個男人談談。我級別太低，而且是外人，我擔心對方根本就不甩我。」於是我向他建議道。

「我丟不起那人。」他說。

「現在不是丟不丟人的問題，是要想辦法如何阻止這件事情的問題。或者您親自到北京來一趟，或許親情可以讓您的女兒改變主意。我覺得您應該先當面和您的女兒談了再說。這是唯一的辦法。您說呢？」我又向他建議道。現在我有些小心翼翼了，因為我不希望他知道我已經瞭解到了他以前的事情。領導的隱私可是敏感地帶，最好不要去觸及。現在我已經後悔了，後悔自己剛才不該那麼好奇。當下級的知道了領導的隱私並不是什麼好事，反而往往可能成為禍根。

他不說話。

很明顯他是在猶豫，我繼續地道：「章校長，有句話可能我不該說，但是現在的事情很特殊，所以我覺得不得不說了。」

「說吧，你現在說什麼我都聽。」他終於又說話了。

「章校長，我覺得您以前對自己的女兒太嬌慣了，所以才有她現在的這種隨心所欲。也許是她太渴望成功了，而您卻沒有替她規劃好另外的道路，也就是說，您並沒有讓她有其他的選擇。所以，我覺得您如果有這個資金實力的話，可以讓她自己搞一個文化公司什麼的，自己拍戲，自己演裏面的角色。這樣的話，也許還可以暫時改變她目前的這個想法。我相信她最終的目的還是希望自己在演藝圈裏成功，希望自己能夠做出一番事業來。只不過她現在採取的是一種過激的方式罷了。您說呢？」我急忙地對他說道。

「……小馮，麻煩你在北京等著我，我馬上讓人訂機票趕過來。好嗎？」他猶豫了片刻後對我說道。

「我可以等您的。但是我覺得最好還是您單獨和她談的好。您是她父親，她肯定會和您見面的。有些事情採用簡單、粗暴的方式可能效果並不好。對不起，我這話說得有些重，請您原諒。從今天我和她談話的情況來看，可能您和自己的女兒很少靜下來長談過，可能您並不瞭解她的內心，而她也不一定非常瞭解您。所以，我覺得您現在最需要的是和她坐下來好好談談，這才是迫在眉睫的事情。」我接下來說道。

「你還是在北京等我吧，我到了後和她談了再說。小馮，這樣的事情我不好讓其他人與我同行，我只信任你。還有，麻煩你給你岳父講一下，看能不能從他的角度和他投資那部電視劇的導演再談談。我想，如果我們幾方面一起做工作的話，效果可能更好一些。」他隨即說道。

我歎息著說：「章校長，這件事情可能比較困難。因為從前面的事情裏我感覺到了一點：那位導演應該是一位比較敬業的人，也許是他覺得您女兒的表演達不到他需要的那種要求，所以才寧願不要那筆錢也不讓她演女一號。搞藝術的人性格都比較古怪，說服起來可能很困難。」

「你還是問問你岳父吧，死馬當活馬醫吧。」他也歎息，隨即掛斷了電話。

我完全理解他現在的那種心境。他雖然是大學的校長，但是現在對他來講卻更是一位父親。而現在，我忽然有了一種衝動，想即刻給一個人打電話。

不是莊晴。

剛才，我在對章校長說到「搞藝術的人性格都比較古怪」的時候，忽然讓我想起了吳亞如來。她現在還好嗎？我心裏在問。

我的心裏頓時想起那天晚上的一切，頓時心潮浮動。

但是我的內心是惶恐的，同時卻又是迫切的，猶豫再三後才拿起電話……正準備撥打，忽然發現有一則簡訊進來。

第四章

蟎蟻般的庸碌生活

我覺得我來到故宮這樣的地方，其實就是在審視我們自己。
不過我相信在這眾多的遊人中，可能很少有人會這樣去思考。
也許是我今天的心情比較沉重，所以才會有這樣的滄桑感。
其實我多數時候和這些遊人一樣，都像螞蟻般庸庸碌碌的活著。

是章詩語發來的：他像爸爸，但是比爸爸溫柔；他智慧，我所有的煩心事告訴他，他三言兩語就讓我茅塞頓開；他有品味，很紳士，也很尊重女性；更重要的是他有錢，和他在一起永遠都是他買單。我決定了，馬上嫁給他。

我的心頓時涼了半截，想了想後才給她回覆了一則簡訊：你最好和你父親好好談了再說，你總得給他一個和你談話的機會是吧？希望你永遠記住，他是你父親，他給予了你生命，還有你現在之前的人生中的一切。

她沒有再給我發簡訊過來，我也沒有告訴章校長這件事情，因為我還是抱有一絲的希望：或許他們談過話後事情會有轉機的。

沒有再猶豫，直接給吳亞如打了電話。因為我的心裏忽然擔心起一件事情來：那天的事情我是不是傷害到了她？從章詩語的事情上我發現了一點，女人在受傷害後很容易去做出一些讓人不可思議的事情出來。吳亞如被林易傷害過，隨後又發生了那天晚上的事情，這讓我不得不開始擔心起來。

所以，雖然我的心裏非常惶恐，但是卻依然覺得自己應該給她打這個電話。有些時候是不能逃避的。而自從那天晚上之後，我就再也沒有與她聯繫過了，其實我自己知道自己這完全是在逃避。

她也沒有與我聯繫過，這就更加讓我惶恐了。因為我覺得在發生了那樣的事情之後她不與我聯繫的原因可能只有一個，那就是她的心裏很恨我。

但願現在給她打電話還不晚。我在心裏對自己說。

電話沒有占線，對方還沒有接聽。而此時，我的心裏卻猛然地開始惶恐了起來，很想馬上掛斷電話，但是卻強忍住了。

「馮笑……」電話裏傳來了她的聲音，柔柔的，聽起來讓人感覺到一種溫暖，還有……我說不出來那種感覺，只是感覺到她的聲音裏似乎有著一種魔力，可以讓我的五臟六腑都有了一種舒服的感覺。

她的聲音似乎有著一種母性的溫暖。對了，就是這種感覺。她的聲音是如此的溫柔，釋放出一種溫暖，還有一種母愛，讓我全身都有一種正在被溫暖籠罩、融化的愉悅感受。

「亞如姐……」我情不自禁的低聲呼喚了她一聲。

「你終於想起我來啦。」她輕聲地歎息了一聲，她的這聲歎息讓我的心臟猛地收縮了一下，呼吸頓時就變得急促起來，同時便感覺到心臟一陣刺痛，我對著電話喃喃地說：「亞如姐，不是……我是害怕，害怕你生我的氣。」

「你這個傻瓜，姐都是你的人了，怎麼可能生你的氣呢？」她在電話裏嬌嗔地對我說道。

我心裏的那種溫暖的感覺頓時又回來了，隨即問她道：「亞如姐，你現在還好嗎？」

「不好。」她說。

我的心裏又是一緊，「你……你怎麼了？」

「姐最近一直創作不出喜歡的作品，心裏很煩。你可以來看看我嗎？」她說。

「我在北京辦事，回來後就來看你。」我說。

「要是你不是醫生就好了。」她歎息。

「怎麼了？我是醫生怎麼了？」我莫名其妙。

「你不是醫生的話就有時間了，我們就可以一起去西藏了。我很想去那樣的地方看看，因為我覺得那是我們地球上不多得的淨土了。或許，那樣的地方可以激發出我的靈感來。」她說。

我頓時默然。不是我沒有時間，而是我走不開。一兩天倒也罷了，長時間的話對我來講是不可能的，因為我家裏有孩子，還有陳圓。

「我知道自己的這個想法很可笑，想想而已。」她歎息。

我頓時衝動了起來，「亞如姐，我一定想辦法抽出時間來陪你去西藏。」

「馮笑，你別這樣。你是男人，不要隨便向女人許諾。明白嗎？」她依然在歎息。

「我……」我說，「我會想辦法安排好時間的。不過亞如姐，希望你給我一段時間安排一下。」

「沒事，今年不行就明年，你不要太當真。」她頓時輕笑起來，隨即問我道：「馮笑，你真的很喜歡我畫的那幅『晨曲』？」

「是的。你的那幅畫太漂亮了，我覺得比原作還好。」我回答說，並不是奉承，是我內心真實的想法。

「難道我吳亞如只能去模仿別人麼？」電話裏傳來的是她幽幽的聲音，「好了，你在北京慢慢辦事情吧，回來了有空來看我。」

「嗯。」我說，隨即便聽見電話裏傳來的是忙音。而我的內心依然在溫暖。

結賬後出了咖啡廳，在經過那架鋼琴的時候停留了一會兒，我感覺到這個女孩彈奏出來的琴聲比陳圓可要差遠了。

「你在什麼地方？」出了酒店的門後，我打電話給劉夢。

「在全聚德吃飯。王府井這裏。你吃飯了沒有？」她說。

「吃了，但是沒吃飽。怎麼樣？烤鴨的味道怎麼樣？」我笑著問她。

「很不錯，比我在江南吃到的好吃多了。怎麼樣？你也來吃點？」她說。我聽得出來，她現在的心情應該很愉快。

「好，我馬上來。你要在那裏等我啊。」我說，腦子裏全是烤鴨黃橙橙的樣子，還有它的香味以及嚼在嘴裏時那種可能出現的香酥感覺。頓時食指大動。

還是去坐地鐵。在北京這地方我不敢再坐計程車了，塞車塞怕了。

很快就到了王府井那家全聚德烤鴨店。進去後發現裏面好多的人，發出的都是不同地方的口音，我心想：這些人和我一樣都是被這裏的招牌給吸引來的。

實在找不到劉夢，人太多了。我開始給她撥打電話，忽然感覺到自己的肩膀被人拍了一巴掌，嚇得猛地一激靈。急忙轉身，發現竟然是劉夢，她正站在那裏笑吟吟地看著我。

「你一進來我就看見你了。」她笑著對我說。

「那你幹嘛讓我到處找你？」我哭笑不得。

「我喜歡看你這樣找我的樣子。」她歪著頭說，隨即燦然一笑，伸出手過來挽住了我的胳膊，「走吧，我都給你點好了半隻烤鴨了。」

「味道真的那麼好嗎？」我問她道，不禁吞咽了一口唾液。

「你吃了就知道了。」她說，讓我坐下。我看見桌上的盤子裏果然有烤鴨，不過已經是片皮了，還有幾樣其他的菜。旁邊有好幾種調料。

「我要了一隻，剩下了一半。」她笑道，「不是單獨給你要的半隻。我不知道這裏可不可也半隻、半隻地賣，又不好意思去問，擔心被人家當成了鄉巴佬。」

「我們本來就是鄉巴佬。既然自己已經知道自己是鄉巴佬了，還怕人家說什麼呢？」我笑著說，同時在看那些調料，隨即問她：「這些調料怎麼用？」

「這是三種調料，三種吃法。第一種吃法是用筷子挑一點甜麵醬，抹在荷葉餅上，夾幾片烤鴨片蓋在上面，放上幾根蔥條、黃瓜條或蘿蔔條，將荷葉餅卷起，這是最通常的吃法，你肯定這樣吃過是吧？第二種吃法是蒜泥加醬油，也可配那小碟裏的蘿蔔條。我發現這蒜泥可以解油膩，將片好的烤鴨蘸著蒜泥、醬油吃，在鮮香之中更增添了一絲辣意，風味更為獨特。第三種是蘸那碟子裏的細白糖來吃，是甜味的。反正我不喜歡。」她隨即給我介紹道。

我即刻把三種吃法都嘗試了一遍，覺得味道都很平常，頓時大失所望，即刻搖頭道：「傳說中的北京烤鴨也不過如此。」

「確實是，味道很一般。」她笑道。

我即刻去瞪她，「那你為什麼在電話裏告訴我說味道很好？」

她不住地笑，「那是因為，我想你來和我一起，還想讓你也嘗嘗這正宗北京烤鴨的味道。你總得嘗嘗才知道這東西究竟是什麼味道吧？不然總是會在心裏想著這件事情的。如果不吃的話，你會遺憾終生的。」

我嘀咕著說道：「吃了也就感到很一般，有終生遺憾的感覺。」

她頓時笑了起來，雙肩亂顫，「對，就是這樣。」隨即將頭朝我靠了過來，然後在我耳邊低聲地道：「這就和你見了某位美女明星一樣，心裏總想去和她做愛，可是當你有機會真的和她做愛，在你做完後也就會覺得索然無味了。因為你心中想像的對方太美好。」

「別胡說，我什麼時候想過要和美女明星做愛了？」我哭笑不得。

「想和美女明星做愛是你們每一個男人的夢想。你別不承認啊？這沒有什麼不好意思的，如果你不喜歡那些美女明星的話反而還很不正常了。你們大多數男人的性幻想對象其實是一種完美女性，怎麼個完美法呢？通俗點說，就是既有賢妻良母的溫柔大度，又有紅粉嬌娃的春情蕩漾，還得保持純情玉女的纖塵不染，她也許身體上早已失節，靈魂上卻從未失貞，在外面她似乎人盡可夫，關起門來又只對他一人忠誠，她有時候像蕩婦一樣風騷入骨，有時候又像母親一般無比包容……而那些美女明星卻恰恰就可以滿足你們男人的這種性幻想，因為她們本身的美麗加上她們曾經詮釋過的那些角色，這樣就往往讓你們有時候難以把她們本人與她們曾經飾演過的角色真正地分離開來。不過這很正常，畢竟只要是正常男人都會有那樣的幻想的。」她輕聲地笑著說道。

我們的四周都有不少來自全國各地正在吃烤鴨的人，在這樣的地方談論性幻想的話題，讓人覺得有些心驚膽顫，但是卻又讓人有一種分外的刺激感受。

「那，你們女人也會對男明星有性幻想嗎？」於是我也低聲地問她道。

「當然。」她說，「你別以為只有身邊的人物才會成為女人的性幻想對象，明星、甚至是並不真實存在的虛構人物也會讓女人們垂涎三尺。因為他們實在太有魅力，誰不喜歡極品？這樣的人在現實生活中不僅得不到，可能連有都沒有，比起美女來，帥哥好像少得可憐，所以只能靠明星來補位了。自己的偶像，身材相貌性感的男星，還有那些影視作品中的性感角色都會讓女人們小鹿亂撞、難以抵擋的。女人也可能愛的不是明星本人，而是某一角色，但肯定要麼是陽剛的猛男或者是溫柔的帥男。無外乎這兩種。呵呵！馮笑，你應該是屬於溫柔類型的帥男了。說實話，我看見你第一眼的時候，心裏忽然顫動了一下呢。」

「你第一眼看見我的時候是在什麼地方？」我詫異地問她道。

她嫵媚地看了我一眼，隨即臉上漂浮起一陣羞紅，「不就是那天晚上嗎？」

我頓時不敢再問了，因為我沒有想到竟然會是這樣，於是急忙將一片烤鴨塞進自己的嘴裏。

她低聲地「吃吃」地笑。

也許是已經吃過了東西的緣故吧，現在我再也吃不下了。說實在話，我對北京烤鴨很失望，就如同我對這裏的交通狀況的失望一樣。

其實在我的內心裏，覺得剛才劉夢的話還是很有道理的，那些女明星可能看上去很漂亮，但是她們真正的情況可能並不是自己想像的那樣。莊晴、章詩語，她們都有可能成為未來的明星，但是我和她們太熟悉了，熟悉到了瞭解她們身體任何一處細節的程度。所以，即使今天她們真的成了明星後，我也不會對她們有什麼神秘感的。其實說透了就是：因為不瞭解才會產生神秘，也才會有某些方面的幻想。

北京這個城市對我的感覺也一樣。它在我心裏曾經是那麼的美麗，這裏是一個文化名人雲集的城市，一個知名藝人雲集的城市，一個權貴雲集的城市，一個富商雲集的城市，一個底蘊深厚、歷史尋蹤的城市，一個北漂追夢、精英角逐的城市，更重要的是，它是我們國家的首都，政治文化的中心。可是，我想不到這裏的交通竟然如此混亂。

不是我吹毛求疵，也不是我過於片面，而是因為我是學醫的，深知一個城市的交通如同一個人身體裏血管一樣的重要。於是就從點看面，從細微枝節的情況就可以估量到這個城市的狀況了。

北京，難道你也和我剛才吃的烤鴨一樣嗎？不來這裏會遺憾終生，來了後反而會讓人感到終生遺憾嗎？我在心裏問眼前的這座城市。

「下午我們去哪裏？」劉夢挽住了我的胳膊，同時問我道。現在，我們已經非常的隨便了，特別是在經歷了上午的那場性愛之後，至少在我的心裏已經完全將她接納。所以，我把她這樣的動作當成了一種理所當然。在這樣一座我們都不熟悉的城市裏，有誰知道我們不是真正的情侶呢？

我心裏這樣想道，不曾想自己隨之便開始疑惑起來：我看見身邊有無數一對對像我們這樣親密的男女在歡笑著經過，於是就極其自然地開始懷疑起來——他們是不是也和我們一樣？也只是臨時性情侶？

「問你呢。」我頓時走神了，她再次在問我道。

「我們去故宮吧，距離這裏很近。」我說。

「其實我很想去中南海的，可惜不讓我們去。」她歎息著說。

我大笑，「那裏當然不讓我們去了。那可是國家領導人辦公的地方，你以為那是醫院啊？可以讓你隨便進去賣藥？」

她頓時也笑了起來，「倒也是啊。對了馮笑，中南海為什麼叫海呢？難道那地方和大海相連嗎？」

我笑道：「這個問題你問對人了。還別說，我還真的知道。中南海的名稱是從元代開始的，當時是蒙古人當皇帝。蒙古人把花園稱為海子，所以中南海也就是花園的意思。」

「這樣啊。」她恍然大悟的樣子。

「還通大海呢！北京這地方要通大海的話，可不是那麼容易的，虧你想得出來。」我笑著說，隨即又道：「好吧，我們去故宮。」

故宮，紫禁城，承載了百年的歷史，宮殿樓閣，一磚一瓦彰顯著帝王的霸氣。這地方讓我真切地感受到了心靈的震撼，我對這地方的評價是：大氣的建築，開闊的視野，極權的象徵，更是歷史的濃縮。

可惜的是遊人太多了，排隊買票花費了我們太長的時間，而且進入後也發現到處都是遊人。歷史的滄桑感頓時被眼前雜亂的人群消除了許多。不過它的宏大依然震撼我的內心。現在，我反倒覺得進入到這裏還不如就在酒店的房間裏看呢。可惜的是我和劉夢再一次陷入了「遺憾終生，終生遺憾」的這個怪圈裏去了。

從故宮出來後我感覺有些遺憾，因為我們只是匆匆遊玩了一趟。遊客太多，時間太緊。我知道，這樣的地方是需要靜下來慢慢感受的。因為在這裏曾經發生過無數驚心動魄的故事，準確地講，這地方曾經是中國歷史上的權力中心，在這裏，很少有愛情，更多的是欲望的橫流。它無數興與衰的故事都是我們人類去演繹的，而這些東西直到現在都還在繼續上演。只不過換了一個地方罷了。

所以，我覺得我來到這樣的地方其實就是在審視我們自己。不過我相信在這眾多的遊人中，可能很少有人會這樣去思考。也許是我今天的心情比較沉重，所以才會有這樣的滄桑感。其實我大多數的時候和這些遊人一樣，都是在像螞蟻般的庸庸碌碌的活著。

「你好像不大高興？」我沉寂的表現與這種情緒的表露讓身邊的劉夢誤會了我，所以她才會這樣問我。

我搖頭，「可惜我沒有特權，否則的話真想一個人在這裏靜靜地待一天。」

她看著我，滿臉的詫異，「馮笑，我發現你這個人有時候真奇怪。」

我苦笑著搖頭，「我這個人很容易被周圍的環境所影響，有些多愁善感。」

「你們婦產科醫生都是這樣吧？我說的是男婦產科醫生。」她問我道。

「可能吧，我們和女性接觸太多了。哎！」我不是開玩笑的，因為她的話讓我感到了惶恐：馮笑，難道你真的會在今後變成像女人一樣多愁善感嗎？

她卻頓時在我身邊輕笑了起來，「得了吧，馮笑，你比其他男人還男人呢。在床上的時候你那麼厲害！」

我急忙伸出手去將她的嘴巴捂住，「劉夢，別在這樣的地方說這樣的事情。這樣會破壞我對這裏的那種感覺的。」

她掙脫了我，不住地笑，胸部劇烈地在起伏著，「馮笑，你這人真是的，怎麼忽然變得像老頭一樣了？我不喜歡你這樣子，我希望你一直都是高興的模樣。」

她說著，隨即過來再次挽住了我的胳膊，「走吧，我餓了。晚上我們去找美味吃，然後坐在天安門廣場上看夜景，那樣多浪漫啊。」

我的情緒頓時被她撩撥了起來，「好，我聽你的。」

剛從故宮出來，就接到了章校長的電話，他告訴我說：「我已經到北京了。」

我心裏在揣摩他話中的意思，「章校長，您今天準備住什麼地方呢？需要我給您訂好房間嗎？」

「不用。」他說，「我也想了，這件事情你已經盡力了，後面的事情你就不要管了吧。」

我暗自奇怪：那你給我打電話幹什麼？

「我是想問問你，你跟你岳父聯繫上沒有？」他繼續在問我道。我頓時明白了，他的這個電話想要知道的原來是這件事情。我頓時汗顏起來，因為我完全把這件事情給搞忘了。

不，最開始不是忘了，而是我不想給林易打這個電話，因為我不知道在章詩語的這件事情上究竟有沒有他的作用。最開始的時候我腦子裏蹦出來的是「陰謀」這個詞，但是現在我覺得那好像並不恰當。所以我就想，如果真的是林易在其中搞了什麼動作的話我就更不好說話了，因為林易做事情總是比較慎密的。而且，我內心裏並不真正地相信自己的這種懷疑，因為章詩語是自己要去嫁給那個男人的，並沒有誰強迫於她。所以，我還擔心自己如果打電話給林易去問他這件事情的話，很容易會被他誤會為我對他有什麼不好的懷疑。

於是我就放棄了給他打電話的打算了。不過後來我也就沒有再去想這件事情了，完全地忘記了。

可是，我卻不能把自己內心的想法告訴章校長，於是我只好撒謊道：「我打了，打了好幾次，他的手機關機了。要不，我晚上再打一下試試？」

我這樣撒謊並不擔心被他發現，因為我想：如果他要證實的話，就得自己去撥打林易的電話，這是不可能的，因為他並不想與林易去說這件事情，所以才委託與我的。

「行，你和他通了電話後再和我聯繫吧。你在北京玩幾天也行，如果家裏有事的話，早些回去也可以。你自己看著辦吧。」他隨即說道。

電話被他掛斷後，我卻猶豫了起來：這個電話究竟是打呢，還是不打？

第五章

潛意識的提醒

我曾對自己說過，要抽時間去看望趙夢蕾的父母。
我從康得茂那裏得知，趙夢蕾的父母就住在這座城市。
所以，我的這個夢可以解釋為：
我的潛意識在提醒我不要忘了去看望趙夢蕾父母的事。
而從迷信的角度上來講，是趙夢蕾的靈魂在請求我呢？

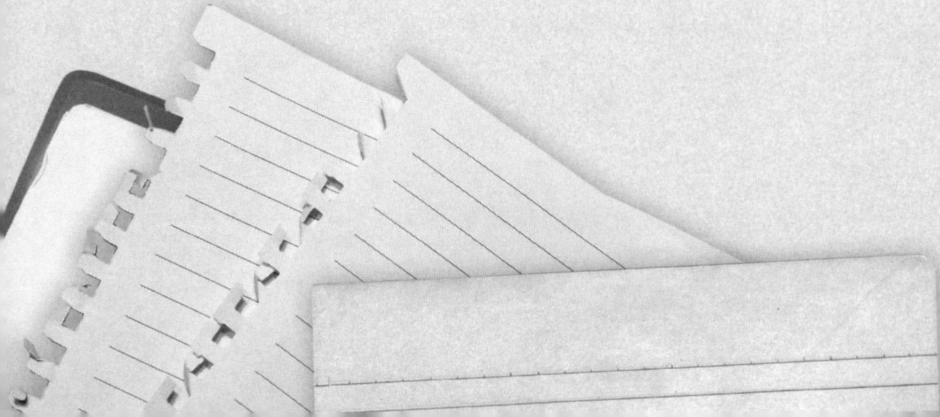

從故宮出來的時候，就看見夕陽正在西下，西方的天空燃燒著一片橘紅色的晚霞。電話打完後卻發現天空的霞光漸漸地淡下去了，深紅的顏色變成了緋紅，緋紅又變為淺紅。最後，當這一切紅光都消失了的時候，那突然顯得高而遠了的天空，則呈現出一片肅穆的神色。最早出現的啟明星，在這深藍色的天幕上閃爍起來了。它是那麼大，那麼亮，整個廣漠的天幕上只有它在那裏放射著令人注目的光輝，活像一盞懸掛在高空的明燈。

我依然沉浸在剛才的猶豫中，不知不覺地就到了天安門廣場。我的胳膊裏依然是劉夢，她竟然一直乖巧地在我身側沒有說話。

夜色加濃，蒼空中的明燈越來越多了，城市一片燈火通明、璀璨奪目。無數的汽車駛過天安門廣場，夜晚的天安門顯得更加莊嚴凝重，夜幕深沉，天安門在深藍色的夜幕下，猶如夢境中的宮殿，一顆顆珍珠鑲嵌在飛簷之上，像夜空裏欲飛的鳥。金水橋在夜晚靜若處子，橋上無人，與白天的喧嘩形成鮮明對比，夜晚的天安門美輪美奐、無以倫比。

夜風輕飄飄地吹拂著，空氣中飄蕩出這種城市特有的氣息，我發現夜晚的北京有一種玻璃迷宮般的美麗，而且天空的顏色特別深，看著行駛在寬闊的街道上的各色汽車，還有燈光璀璨下的無數行人，我頓時有一種恍若夢中的感覺。

我真不想馬上去吃飯，就想在廣場中找個地方坐下來，然後看著眼前這些熙熙攘攘的人群，慢慢欣賞這美麗的夜色。和劉夢一起。

我很喜歡那種鬧中取靜的感覺。記得曾經看過一段文字：平淡是喧囂生活的昇華，是鬧中取靜的清純與豪邁；平淡是不露聲色的割捨，享受人生短暫的休憩與寧靜；平淡是一種感覺，是對現實最徹底的背叛；平淡是一種生存方式，恬靜悠閒繁衍生息；平淡是自我的超越，是戰勝私欲的獎勵；平淡是清澈透明的水，蘊含著無限歷練；平淡是堅強厚重的山，泰然支撐著天地。

我很喜歡這段文字的意境，而且在自己的內心裏也十分嚮往和追求這樣的意境，正因為如此，我才在自己所住的那座城市的郊外搞了那麼一個清靜之地。可惜的是這個世界太過紛擾，而我的內心又是如此浮躁，所以，我只能嚮往罷了。

而現在，我真的想好好坐下來，好好地欣賞這難得的眼前的一切。即使片刻也好。

可是，我身旁有她。忍不住地駐足問她：「劉夢，你餓了嗎？」

「這裏好美，我們去找個地方坐坐吧。我們坐到不想坐了的時候再去吃飯。」她說。

我心裏頓時對她感激起來，因為她讀懂了我的內心。

就這樣，我們倆在天安門廣場的一角坐了下來，她在我身旁，身體緊緊地依偎在我的懷裏。我們都沒有說話，就這樣靜靜地坐著。

廣場上人流如織，熙熙攘攘，他們大多應該和我們一樣是來自外地，從他們興奮的面容上可以看得出來。而就在這裏，在這不足一個平方的空地裏，這是我們兩個人的世界，我可以聽見她傳來的輕微呼吸聲。我知道她也和我一樣，完全地沉醉在了這座城市璀璨的夜色裏了。

許久、許久之後，我聽到了她輕聲地在感歎：「這樣真好……」

於是我也說：「是啊，這樣真好。」

她隨即側過臉來問我道：「馮笑，你相信愛情嗎？」

我頓時怔住了。

我搖頭。

我在說道：「以前相信，現在不相信了。因為我不相信我自己，我早已經褻瀆了愛情。」

「為什麼這樣說？」她詫異地問我道。

我依然搖頭，僅僅是搖頭，隨即柔聲地問她道：「走吧，我們去吃飯。」

愛情在我的眼中就是兩個人在一起，相互地依偎，兩個人可以一起面對所遇到的困難。愛情就是兩個人的生活。感情是一個靈魂需要另一個靈魂的撫慰，是兩個靈魂在一起分享快樂或者苦難。愛情需要激情，就如同我中學時代天天跟著趙夢蕾那樣，那是一種讓人心顫的激情。

其實我也曾經一直在想這個問題，但是到後來，特別是現在，我對這個問題早已經麻木了。

準確地講，現在我已經不再相信什麼愛情。

直到現在為止，我都相信自己曾經對趙夢蕾的那種感覺應該是屬於愛情，因為我是從內心深處在喜歡著她。她的容貌，她的一笑一顰，她的衣服，她的馬尾辮……她的一切一切都能夠讓我身體裏的每一個細胞興奮。在那段時期，我痛恨黑夜，痛恨寒暑假，因為那是我見不到她的時候。可是，當多年後，當我們再一次邂逅之後，雖然走到了一起，雖然我們還有了婚姻，但是我卻發現自己曾經擁有過的那種感覺竟然沒有了。

或許是我得到她太容易，或者是她所有一切在我內心裏的神秘感覺驟然不再。不過我依然愛她，這一點我可以肯定，不然的話我幹嘛答應和她結婚？

可是婚後的生活卻讓我很失望，因為我發現曾經在我內心裏如此美麗，甚至美麗得完美無缺的她慢慢地變得平常起來，甚至還有很多讓我感到心煩的缺陷。比如她的不育。

再後來是她的入獄。雖然我早已經背叛了她，但是在我的心裏依然是愛著她的，這一點我自己完全清楚。我很自私，並不追求唯一，但是卻希望天長地久。可是，她最終離我而去，而且是永遠地離開了這個世界。

我愛莊晴嗎？我認為自己是愛的。那一天，當我們兩個人一起去到郊外，去到那座橋那裏看輪船的時候，特別是後來我們一起去洗溫泉、我們想融合的那一刻開始，我就知道自己是真切地喜歡上她了。可是，當後來在我得知她和我在一起是另有目的的時候，我對她的感情開始崩塌。但是我依然喜歡著她，以至於我一直到現在在她面前依然不能自拔。但是，我不再相信我和她之間存在著的是什麼愛情。

陳圓呢？我愛她嗎？愛的。我對自己說。當我第一次看見她的時候，就在那間西餐廳裏，她就給予了我極大的心靈震撼。她的純真、她指下飄散出來的美妙的音符頓時就打動了我，撥動了我內心那根極為敏感的心弦。後來，她也成為了我的妻子，但是直到那時候我才發現我和她彷彿並沒有愛情，但是我很喜歡她。我們婚後的生活，特別是我們一起去海南的過程中，她用她的美麗與純真征服了我。

而在此後，因為陳圓的昏迷，我的生活越來越寂寞，同時也讓我變得越來越墮落。從此我不再相信什麼愛情，我需要的是另外一種東西——對自己欲望的滿足。

愛情，它在我的內心世界裏代表的應該是甜蜜，但是我的感情生活卻總是在經歷痛苦；愛情，我認為它應該是一種天長地久，但是我經歷著的卻只有分離。

這叫我如果能夠再相信它啊？

劉夢的這個問題讓我頓時傷感起來，我不想回答她，也頓時不想在這樣的地方繼續待下去了。因為我發現自己在欣賞這裏美景、享受片刻靜謐的同時，卻在自己的內心深處感到了更加的孤寂。

我準備站起來，但是卻被她緊緊地抱著我的胳膊，「馮笑，我們再坐一會兒好嗎？我想和你說說話。」

她的聲音幽幽的，讓我感受到了她的內心似乎和我一樣的孤獨。現在我才知道，其實外表青春活潑的她也有一顆孤寂的內心。

所以我沒有再動彈，依然靜靜地坐在這裏。她的身體再次朝我的懷裏依偎過來。

「馮笑，你也不相信愛情嗎？」她在問我。

我這才明白她為什麼要求再坐一會兒的原因了，她是想和我繼續說這個問題，而且我還明白了一件事情：原來她也不再相信所謂的愛情。因為她使用了一個「也」字。

我說：「劉夢，我們不要談這樣一個沉重的話題好不好？而且，我覺得我們在這樣的地方談這樣的事情很酸。愛情這個詞太書面了，而且書面得近乎於傳說。對於我來說，『喜歡』這兩個字就完全可以表達自己內心的感覺啦，別什麼『愛情、愛情』的。」

她在我懷裏輕笑，「倒也是啊，看來我還真的有些酸呢。」

我也笑了笑，因為我覺得確實是如此。愛情這東西或許存在於小說或者詩歌裏更好，那樣才讓人有一種嚮往或者期待。現實中有那樣的東西存在嗎？

不過，我心裏還是覺得有些奇怪：她還那麼年輕，幹嘛也像我這樣滄桑啊？

「我是你的師妹。你知道嗎？」她隨即又問我道，卻是另外一個話題。

「聽余敏說過。你是學什麼專業啊？幹嘛畢業後做這個？」我反問她道。

「衛生管理專業。」她回答說，「考大學的時候去諮詢學校的招辦，他們說這個專業很不錯，畢業後可以進入到醫院或者衛生局裏工作，從事醫院管理方面的工作。可是大學畢業那年才知道，這根本就不現實。現在要找一份醫院或者衛生行政部門的工作哪有那麼簡單？沒有過硬的關係根本就不可能。我們畢業那一年，我們專業裏百分之八十的同學都是自謀職業的。」

我知道她說的是事實，現在每年的畢業生太多了，特別是有些專業的學生根本就無法找到合適的工作。而另外一方面，各個大學卻還在拚命地擴招。大學擴招的目的很簡單，就是多收費。現在醫科大學那邊的學生宿舍和教室都非常的緊張，人滿為患，所以省裏才在省城的北邊規劃了一大批土地用於大學城的建設。聽說醫科大學也被規劃了三千餘畝土地用於新校區的建設。

一邊是擴招，一邊卻是學生的就業困難，這樣一種不可調和的矛盾就擺在了面前。所以像劉夢這樣只好去自謀職業的學生也就越來越多了。所以，我對現在的教育改革真的有些看不大懂。

「我還是學生會的文娛部長呢。我都找不到工作，就別說其他的同學了。」她隨即又說道，同時在歎息。

我不禁笑了起來，「那沒用，關鍵得看你有沒有關係。」

「是啊，你說得對。」她歎息道，「大學畢業前，我總是相信公平，相信這個社會總是充滿著公平與正義。後來才發現什麼都是假的。我們班上成績最差的那個同學竟然被省衛生廳下面的一個部門給錄用了，因為他的父親是省政府的一位處長。於是我就想，這樣的事情倒是可以理解，畢竟這個社會就是這個樣子。可是讓我想不到的是，曾經那個在我面前山盟海誓的男人也在我大學畢業那年向我提出了分手，理由很可笑，說是和我沒有共同語言。當初為了和我上床，他不惜跪在我面前。那時候我真傻，竟然就那樣糊裏糊塗的把自己的第一次給了他。那時候的他怎麼不說我們沒共同語言？所以，我就徹底地失望了，從此不再相信有什麼愛情，更不相信什麼公平正義。現在我只知道一點，那就是拚命掙錢。所以我很感激余敏，她不愧是我多年的姐妹，當她得知我在那家公司裏做得並不好的情況後，就來和我商量一起做的事情。馮笑，反正我現在是巴上你了，我知道你可以幫我們，讓我們賺大錢。現在我至少還有著最後的底限，那就是不當寄生蟲，希望自己能夠憑藉自己的能力去賺錢。馮笑，我覺得現在什麼都是假的，只有錢才是真的。你覺得是不是這樣？」

「人與人之間總還是有友誼吧？雖然你不再相信愛情，不再相信公平與公正，但是總該相信人與人之間的真誠吧？」我說道，心裏不禁唏噓：難道這就是現在培養出來的大學生麼？

其實我一點都沒有責怪劉夢的意思，只是心裏有些疑惑：我們國家的教育制度是怎麼了？怎麼培養出來的學生都變成這個樣子了？對此，我深感擔憂。雖然我並不是什麼時常心憂國家大事的人，但是我至少還算是一名大學教師，所以，我對目前學校這樣的狀況很是擔憂。一直以來我都認為大學應該是一個純淨的地方，那裏培養出來的學生也應該純淨地去面對未來的社會。可惜的是情況卻恰恰相反。

隨即，我不禁苦笑了：馮笑，你自己也並不是一位合格的教師呢，你如此墮落，也許還有很多的教師比你還要好一些的，所以你就不要再感歎了吧？

「這個我相信啊。」她在說道，「馮笑，你知道當時奪去我第一次的那個男人是誰嗎？他是我的老師。其實他也僅僅是比我早畢業兩年罷了。現在我才知道，原來是學校一位副校長的女兒看上了他，他才提出來和我分手的。一開始我很想和他大吵大鬧，但是後來我又想了，一個男人既然已經變心，想要去把他拉回來是不可能的了。曾經的山盟海誓，後來才發現是一種幼稚……」

她的話讓我頓時唏噓不已。

「不過我並沒有放過他。後來他結婚了，我故意去勾引他，然後悄悄通知他老婆，嘿嘿！結果你肯定知道了。」她繼續地道。

我頓時感覺到自己懷裏的她是那麼的可怕起來，身體頓時僵硬在了那裏。

「你怎麼了？」她感覺到了我身體出現的異樣。

我搖頭苦笑，「沒什麼。」

她仰頭來看我，臉上是燦爛的笑，「馮笑，我把你嚇住了是吧？你放心，我不會那樣對待你的，因為你並沒有欺騙我的感情。和你在一起是我心甘情願的，雖然我們之間並沒有什麼感情，更沒有傳說中的愛情，但是我覺得你還是蠻可愛的。我很想把你當成自己的朋友，朋友之間互相滿足一下還是可以的吧？嘻嘻！你說是嗎？反正我覺得自己和你在一起並不吃虧，而且你還可以讓我感到舒服。」

她說到這裏，嘴唇來到了我的耳畔，輕聲地在對我說道：「馮笑，你在床上的時候挺厲害的，真的，我感覺好舒服。你可比我那男朋友厲害多了。」

我有些難為情，「劉夢，你別說這個了。」

她的唇離開了我的耳畔，「吃吃」地在笑，「真的，我說的可是真話。那個男人和他老婆鬧離婚後不久，我媽媽就給我介紹了一個男朋友。當然，我媽媽並不知道我以前的事情。她介紹的那個男人是和我從小一起長大的，人倒是很憨厚老實，什麼事情都聽我的。我覺得這樣也好，至少他是從內心裏喜歡我的。嘻嘻！馮笑，我告訴你，他和我第一次做那樣的事情的時候，竟然手忙腳亂地不知該怎麼做。哈哈！現在我還經常取笑他呢。」

我想不到她連這樣的事情都對我講，不過我心裏頓時有了一種異樣的感覺，因為她的話讓我感到有了一種刺激的感受。我心想：看來她真的是把我當朋友了，不然的話，怎麼可能告訴我這樣的事情？

我的手緊緊地將她的腰攬住，她順勢靠著我更緊了。我柔聲地對她說：「走吧，我們去吃飯，然後早點休息。今天我太累了。」

「嗯。」她說，「明天我們去長城好嗎？」她問我道。

「好的。」我說。其實長城也是我夢想要去的地方，中國人都有長城情結。

我們決定去吃北京小吃。在問過北京本地人後才知道原來北京的知名小吃都集中在幾條街裏。最最有名氣的就是簋街了，那裏有老北京最傳統的炒肝、豆汁、爆肚、鹵煮火燒，經現代烹飪工藝加工後，味道更加誘人。

簋街至今被人們習慣性稱為「鬼街」，聽上去挺嚇人的。不過那裏的氣氛和環境都很不錯，一到那裏後，我心裏沉悶、孤寂的感覺頓時煙消雲散，劉夢更是高興極了。由此可以知道，我們對食物的需要才是第一位的，精神的需求次之。

不過我心裏一直掛念著一件事情：是不是該給林易打一個電話呢？在這件事情上，我並不覺得自己的猶豫是性格因素，而是我確實覺得很為難。

簋街的小吃品種眾多，口味各不相同，而且很多還是自己早已經聽說過的東西，所以我們幾乎把它們品嘗了個遍。

我和劉夢的肚子都吃了個溜圓。

「走吧，我們回酒店去。」

車窗外的夜色忽明忽暗，遠處燈光閃爍，容易使人產生一種飄忽，遠離塵世之感。

計程車的後座上，她斜躺在我的懷裏。現在，我不擔心堵車了，反而地，我希望前面的車流停止下來，因為我對這一刻的感覺是如此的迷戀。

劉夢躺在懷裏熟睡的樣子，純潔、稚嫩、可愛得像一隻剛剛孵出殼的毛茸茸雛雞。清爽的風從車窗外吹進來，撩撥著她的髮簾，一掀一動的，煞是可愛。我輕柔地撫摸著她的頭，她的頸，她的頸骨，肩胛。她的皮膚細膩，光潔、滑潤、像絲緞一般，泛著幽暗的光澤。我能感覺到她的毛細血管在我的指尖跳蕩，搏動，這種生命的跳蕩，在我指尖下進行的好奇之感，激蕩著我的心，我感到自己的下體開始膨脹發熱，心開始激蕩。我很奇怪，這個此刻躺在自己懷裏的女人，為什麼如此的激動我的心，撩撥起我的性欲，我為自己此時驟然暴發出來的旺盛欲求和生命力而驚奇、竊喜。

我聽到了自己粗重的呼吸，「怦怦」的心跳，我的手不知何時擱到她的腿上，撫摩著……此時，我是多麼地希望計程車能夠儘快到達酒店啊。

終於到了，我們相擁著快速上樓，進入到房間裏。

「你好壞。」她看著我淺淺地笑，眼神裏全是迷人的風情。

「我哪裏壞了？」我看著她壞壞地笑。劉夢抬手要打我時，我順勢猛把她摟進懷中。她驚訝地輕輕叫了一聲，試圖推開我，可是我的嘴早已堵住了她的唇……

她軟軟地攤在了我懷裏。

躺在大床上，黑暗中，我睜著雙眼，盯著上空的天花板，直至把黑暗的空間，看得透明清晰。這套房的隔音效果極好，四周很靜，靜得好像這世界會在瞬間墜落或飛升。

她赤裸的身體一絲不掛地躺在我的身旁，是那麼的坦然開放。她的嘴角不時浮現著一絲微笑。我在想：此刻，她夢到了什麼美好的事？

躺在我身邊的這個女人，蜷縮著，側身自己摟抱著，像一隻剛鑽出殼的，毛絨絨的雛鴨，幼嫩、憨厚、可愛。我伸手拉過一塊小毯，給她蓋在胸和腰上……

清新吹來的風中，我聽到了從天際降落的鋼琴聲，那麼輕柔，那麼清脆好聽，像山澗叮咚滴落的泉水。

我睡著了，夢見自己到了江南省城的江邊，看到了碧藍的江水。在江對岸峭壁陡立的山上，有一幢房子；房子很別致。我去到了那裏，從房中走出，走上一個高高的懸空的橋廊，我有些害怕，但還是走上去，從橋廊往下往遠處看，可以看到許多美麗的景致，有碧藍的水，白色的彎曲的河道，還有成片的綠色；恍然間竟然到達了那裏，走下岸，眼前是逶迤曲折的土路，還有一望無際的田野。我聽見了它們的呼吸。

這是一個美麗的地方，一個美麗的居所，這是我夢想中的居所，這麼多年來，我一直都在夢想著自己能夠有這樣一個地方。

最近一段時間來，我是第一次擁有這樣美麗的夢，因為，她後來出現在了我的夢裏。趙夢蕾。

第二天早上醒來後，腦子裏頓時就浮現出夢中趙夢蕾的樣子。夢中的她一直在朝我笑，我欣喜地朝她飛奔過去，她轉身飄然而去，我朝她大聲地呼叫，她緩緩地轉身，我的眼前驟然出現了一片美麗的花海，她的容顏和那些花朵一樣的美麗。

我朝她跑近，她美麗的臉龐、迷人的身形就在我的眼前。霍然而逝。最後看見的是她哀婉的神情與懇求的眼神。

醒來後的我，腦子裏她的哀婉與懇求的畫面頓時被定了格。我在想：她為什麼要在我的夢裏哀婉？她想要懇求我什麼？

馮笑，你怎麼沒有想到？猛然地，我似乎明白了。

我並不迷信，但是我對夢有過系統的研究。我相信一點：我們的夢百分之九十五以上都是可以科學地解釋的，但是有大約百分之五的夢卻無法用任何一位心理學家的理論去詮釋，因為那部分夢或者是預感，或者是傳說中的死者托夢。

我並不相信什麼鬼魂，但是我相信一個人靈魂的力量。或許一個人在死去後他的靈魂會轉化成一種特殊的能量，繼續地影響到他的家人或者朋友。有人認為，鬼魂與這種能量的區別僅僅在於後者是沒有意識的。所以我覺得這樣的解釋更具有科學性。

而我的這個夢卻可以用科學與迷信的方式同時去解釋它。從科學的角度上說，那是我曾經早就對自己說過，一定要抽時間去看望一下趙夢蕾的父母。而現在，我正好在北京。上次我從康得茂那裏得知，趙夢蕾的父母目前就住在這座城市裏。所以，我的這個夢可以解釋為：我的潛意識在提醒我不要忘了去看望趙夢蕾父母的事情。而從迷信的角度上來講，又何妨不可以理解為趙夢蕾的靈魂在請求我呢？

可是，今天我答應了劉夢去長城的。

在這裏多待幾天吧，反正我請了假的。還要和莊晴聯繫呢。我對自己說。

在決定了這件事情之後，另外那個煩人的事情卻又一次出現在了我的心頭：應不應該給林易打那個電話呢？

必須得打，不然的話章校長再打電話來問我的話，我又用什麼理由去搪塞？

劉夢已經醒了，她翻身過來將她的頭枕在我的胸前，她問我道：「幾點了？」

「八點了。」我回答說，隨即去輕撫她的秀髮。

「幹嘛這麼早就醒了啊？多睡一會兒不行嗎？」她問，隨即親吻了一下我的肌膚。

她的這個吻讓我頓時溫暖了一下，「習慣了，很難改過來了。」

「你就是勞碌的命。」她說。不過我的心裏很感激她對我這種溫柔的體貼。

早餐後我們找了一家旅行社跟團去到了長城。本來旅行社安排的是參觀完長城後下午去十三陵，但是我不想去那種埋死人的地方。即使那裏埋的是皇帝我也一樣不感興趣。劉夢也這樣說。

其實主要是我們都對自己看到的長城很失望。這那裏是什麼長城啊？簡直就是由人構成的長龍嘛。長城上裝滿了密密麻麻的人，我們的眼裏根本就看不到它的巍峨，滿眼都是人頭在攢動。

於是我們包了一輛計程車回到了北京市區。

在回城的路上我給林易打了一個電話，隨後又與莊晴聯繫了。

接通了林易的電話後，我直接地告訴了他，「我在北京，為了章詩語的事情來的。」

「她父親讓你去的吧？」他問，聽他的聲音好像並不覺得奇怪。

「是，你知道章詩語的事情嗎？應該知道是吧？章校長讓我給你打電話，請你幫忙從中做些工作。」我隨即說道。

「我能夠做什麼工作？」他說，語氣淡淡的，「我贊助了，但是導演對她不滿意我又有什麼辦法？人家需要的女一號是那種清純女孩的性格和形象，但是她表演出來的樣子卻是那麼風騷。人家是青春偶像劇呢。那位導演很敬業的，後來人家選了一位當紅明星。我趁機就把那筆錢作為投資了，因為我看準了這部電視劇會賺錢。我從來就是這個原則，拿出去的錢是不會收回來的。馮笑，你說我還能怎麼辦？我又不是導演，人家可以不要我的錢，我能夠怎麼辦？」

「不是這件事情。」我說，不過我心裏頓時也很理解他了，「是章詩語要和一位年齡比她父親還大的導演結婚的事情。」

「有這事？」他很詫異的聲音，「這我就更沒辦法了。人家要嫁什麼人關我什麼事？馮笑，我勸你也不要管了，這是別人的家事，你管不了的。」

「你真的不知道這件事情？」我忍不住地這樣問了一句，但是即刻就後悔了。

「馮笑，你這是什麼意思？」果然，他生氣了起來。

我有些尷尬，但是心裏始終想著他以前對我說的那句話，所以我還是繼續在問他：「我以為這是你想到的控制章的辦法呢。沒什麼，我就是問問而已。」

「馮笑，我們可是一家人。我怎麼覺得你的胳膊肘在朝外拐呢？」他頓時笑了起來。

「不是啊，我就是隨便問問。因為我覺得章校長讓我來替他處理這件事情很奇怪。」我說，隨即又道：「我以為他是想通過我來做你的工作，讓你能夠放他女兒一馬呢。」

「馮笑，我想不到你把我想得那麼壞。」他歎息道，「你想，我能夠做出這樣的事情來嗎？何況，我能夠做得到嗎？那是她自己的婚事，我能夠強迫？你這也太異想天開了吧？」

「這倒是。對不起，我確實是被搞得糊塗了。我不管了，懶得管那些亂七八糟的事情。」我即刻說道。

「章這個人在你們學校很強勢。」他忽然說了一句。

「什麼意思？」我問道。

「你呀，怎麼連自己單位的事情都不關心呢？他強勢很傻，不過對我們很有利。好了，不說了，你什麼時候回來？你見過莊晴了沒有？」他問我道。

「還沒有。」我實話實說。我的意思他應該明白，還沒有就是準備去見，但是還沒有去見，而不是不去見。

「見見吧，哎！」他長長地歎息了一聲後，即刻掛斷了電話。

他的意思我非常明白。我和莊晴的關係他很清楚，所以他對我表示出的其實是一種無奈的理解。

有時候我就在想：如果陳圓是他的親生女兒的話，他會這樣寬容和理解嗎？

他應該是一樣的。因為施燕妮是他老婆，施燕妮應該完全知道我的情況，可是她並沒有責怪過我。我想，林易的態度本身也代表了施燕妮的。畢竟目前我處於這樣的情況下，有些事情對我來講也是沒辦法的事，他們無法過於苛求於我。

不過，我心裏依然對他們充滿著一種感激之情，因為他們對我的理解與諒解。

猶豫了很久，我還是給莊晴打了電話。依然是直接告訴她：「我到北京了。」

「真的？那我晚上請你吃飯好不好？你一個人呢，還是和其他人一起來的？」她很高興的語氣。我心裏很是高興，覺得這就是她與章詩語最根本的不同。

不過她的這個問題讓我頓時不知道該如何回答了，情不自禁地去看了一眼身旁的劉夢，「我一個人怎麼樣？和其他人在一起又如何？」

「如果是你一個人的話，我就單獨來陪你。但要是還有其他的人呢，那就你請我好了，我來參加就是。反正就是見見你。」她笑著說。

劉夢在給我做手勢，意思是讓我別管她。很明顯，她已經聽到了電話裏莊晴的話了。於是我說道：「我還有一個同行的朋友，晚上我們一起吃飯吧。」

「男的女的？」她笑著問我道。

「當然是女的了。」我大笑。我覺得有些事情就得像這樣直說，欲蓋彌彰反而會適得其反。

果然，她在問我道：「你同事？我們醫院的？」

我心裏暗暗覺得好笑：看來她直到現在還把自己當成我們醫院的人呢。這其實是一種潛意識，因為一個人對自己工作過的某個單位的那種特殊感情往往是根深蒂固的，總是會在無意中流露出內心的那一份不捨。

「不是，是醫藥公司的。我們一起來開會。」我說，直到現在我依然不想讓她知道我是為了章詩語的事情來的。我瞭解莊晴，我和其他任何一個女人在一起她可能都不會有什麼意見，但章詩語例外。她們兩個人就好像天生的冤家一樣，水火不容。

「好，我也帶一位朋友來。今天晚上我請客啊，我們去吃北京烤鴨吧。」她說。

分。

「吃過了，很一般的味道。」我說。

「北京小吃？」她又問。

「也吃過了，還不錯。不過再吃就沒意思了。」我笑著說道，有故意逗她的成分。

「那就吃涮羊肉，怎麼樣？」她問我道。

「好，不過我擔心吃了會流鼻血。」我笑道。

「我給你降火。」她的聲音忽然變得輕聲了起來，那種柔柔的、誘人的聲音就在我耳邊迴響……

我和莊晴在通電話的過程中，劉夢一直在我身旁。除了中途她朝我做了個手勢之外，她一句話都沒有說。我覺得這就是她最懂事的地方。

「誰啊？」我掛斷電話後，她才來問我道。

「我一位朋友，現在是即將出名的演員了。」我回答說，耳邊莊晴最後的那句話依然在迴盪。我相信劉夢沒有聽見那句話。

「我就不要去了吧？」她說。

「去吧，我都給她講了。」我說。

「你和她……」她看著我，滿眼的懷疑。

我笑了笑，「你別管，很不錯的一個女孩子，和你一樣漂亮。」

「不會影響你們吧？」她問道。

其實這個問題我也想過。當然，我不帶劉夢去是最好的，但是我不想再把她一個人獨自留下，畢竟她是和我一起到這地方來的。我說：「沒事，說不定你會喜歡上她的。」

「可是，她介意我去嗎？」她依然地擔心道。

我笑了笑後說：「我不是已經告訴她了嗎？她並沒有說什麼啊？」

她看著我，「馮笑，想不到你有這麼大的魅力，演員都喜歡你。」

我淡淡地笑，「什麼啊？我們是朋友。你不也是我的朋友嗎？」

劉夢的話，讓我頓時明白了自己為什麼要帶她去和莊晴一起吃飯最根本的原因了，也許在我的潛意識裏根本就是為了讓她知道我的魅力。

我是男人，不得不懷疑自己的這個意圖。

第六章

一場笑話

其實我覺得莊晴的話很有道理，
因為章詩語親自對我說過，她說，除非我娶她。
當然，那也可能是她說的一句為難我的話，
因為她明明知道這是不可能的事情。
所以，我依然覺得即使自己真的打算和她結婚的話，
最後的結果也很可能變成一場笑話。

我沒有告訴莊晴我們還在回北京城的路上，所以當我們到了那家涮羊肉店的時候，莊晴早就到了。

她看見我的時候很高興，第一個動作就是來和我擁抱。她的臉也貼在了我的臉上，嘴裏輕聲地對我說道：「怪想你的。」

我的心頓時被她的這句話溫暖了，融化了，「我也是。」

「這是你的新馬子？」她卻繼續地低聲地問我道。

我頓時從那種溫暖的感覺裏脫離了出來，「別胡說。」

她「嘻嘻」地笑，「蠻漂亮的。」說完後她就即刻分開了我，這才去笑著與劉夢握手，「你好，我叫莊晴。馮笑的朋友。」

「你真漂亮，我叫劉夢。」劉夢很大方地道。

「你也很漂亮。不過你和這個傢伙在一起可要小心，他太壞了。」莊晴怪笑著對劉夢說。

劉夢的臉頓時紅了，她竟不知該說些什麼話了。我不得不佩服莊晴，因為她現在表現出來的其實是一種自信，而這種自信透出來的卻是一種壓制對方的氣場。

隨即，莊晴拿起電話在撥打，「怎麼還沒有到啊？」

我估計她催促的就是她在電話裏告訴過我的，她今天要帶來和我們一起吃飯的那個人。

「堵車，沒辦法。走吧，我們先去坐下。這地方生意太好了，我打電話訂座的時候就剩下大廳裏的一張小桌了。幸好我們人少。」莊晴即刻對我們說。

果然是一張小桌，不過位置很不錯，靠窗。正好可以坐四個人。

莊晴讓劉夢挨著她坐下了，她說：「我要坐馮笑的對面，因為我想好好看看他。」

她還是像以前那樣性格豪放、大膽。劉夢的大膽比起她來可就遜色多了。

我笑著對莊晴說：「你現在是演員了，難道不怕那些狗仔隊跟蹤你？你還這樣大大咧咧的。」

她笑道：「現在那些狗仔隊根本就不會注意到我，因為我還不夠格。所以，我現在不隨意一些的話，可能今後就沒有這樣的機會啦。」

我笑道：「有道理。」

「你演的什麼電影啊？」劉夢好奇地問道。

「今年下半年要在中央一台黃金時間播出的電視劇，到時候你就知道了。」莊晴回答說，「其實我現在心裏很緊張呢，不知道到時候反應會怎麼樣。」

「一定會很不錯的，名導演的作品。而且據我所知，名導演對演員的要求可是很嚴格的。既然那位導演認可了你的表演，而且還要拿到中央一台去播出，這本身就說明了他對你的期望。」我說道。

「你真會說話。」她笑吟吟地道，隨即又對我說了一句：「馮笑，我拍攝的廣告馬上就要在中央電視台播出了，到時候和電視劇一起。」

我很是替她感到高興，「哦？什麼產品的廣告？」

「一個品牌洗髮水。你看，我的頭髮不是被留得很長了嗎？」她笑著捋了捋她的秀髮。

「你的頭髮真好，不過廣告上的那些女演員的頭髮好像還要好些。」劉夢說。

莊晴笑道：「那是當然，因為拍廣告的時候頭髮都是焗了油的。我拍的廣告也是那樣。」

劉夢笑著說：「原來是這樣，我說呢。」

我看著莊晴笑，「說說，你拍那個廣告賺了多少錢？」

她也在看著我笑，隨即伸出食指去到嘴邊，「噓！這個得保密。不過今天我請你們吃飯是肯定沒問題的。」

我去打量她的衣服，「我知道了，看來我們莊晴小姐現在成了大富婆了。」

「討厭，什麼富婆啊？難聽死了。」她瞥了我一眼，隨即又笑，「馮笑，有件事情你知道嗎？章詩語準備嫁給一個老頭。」

我大吃一驚，差點問出「你怎麼知道的」這句話來，幸好被我硬生生地給壓住了，我嘴裏問出的話就變成了：「不會吧？」

「我騙你幹嘛？今天的報紙上都登出來了呢。這也算是我們娛樂圈裏的一件大事情了。嘿嘿！這個章詩語，傻丫頭一個。可惜了。」她說，隨即在歎息。

劉夢來看我，她滿眼的狐疑。我朝她搖了搖頭，意思是讓她不要問。因為我現在急於想去問莊晴幾個問題，「那個導演是一個什麼樣的人？」

「一個小有名氣的導演，如果不是他年齡太大了的話，我覺得倒是沒有什麼。可是……哎！這個章詩語，真是傻。她怎麼這麼傻呢？」她歎息得更厲害了。

「為什麼這樣說？」這其實本身就是我想問的第二個問題。

「那個導演本身就是想借這件事情進行炒作。因為他最近拍的幾部電影票房上都很蕭條，他的名氣也越來越小了，所以才想到採用這樣的方式炒作自己。這個章詩語，她竟然傻不拉嘰地就撞了上去。馮笑，我早就看出她很傻了，而且還自以為是得不得了。可惜了，她算是被毀了。」她說。

「既然那位導演的目的是為了炒作，那麼章詩語不也被一同炒作了嗎？她本來就是一個不出名的小人物，這下不是一下就被大家都知道了嗎？說不一定她也借此躥紅了呢。」我說。雖然我這樣在問，但是我的心裏忽然變得很難受起來。現在我才發現孫露露以前的那個分析是何等的準確。

「那樣的炒作只對臭不要臉的人才起作用。我相信章詩語還做不到那麼臉皮厚。當然，她可能也是想借此出名，但是我估計她最終扛不住來自家庭及社會的各種壓力的。她太小了，沒有那麼堅韌的神經。」她說。

我不禁歎息。因為我知道莊晴的這個分析是正確的。

現在，我不禁在想：章校長會是一種什麼樣的心情呢？從莊晴剛才說的這個情況來看，這件事情估計是任何人都無能為力了。

「莊晴，不管怎麼說你們也是親戚。你應該幫幫她才是。她畢竟還小，而且她和你並沒有直接的矛盾和衝突。」我隨即歎息著說道。

「你怎麼知道我沒有勸過她？其實我是最先知道這件事情的。我們有個老鄉，也是北漂的，是他告訴了我這件事情，於是我就即刻給章詩語打了電話。馮笑，你知道她怎麼回答我的嗎？她說，莊晴，你是害怕我今後比你出名吧？我當時氣憤極了，即刻就掛斷了電話。」她說。

她的話我完全相信，因為章詩語就是那樣的性格。

「別說這件事情了。天要下雨娘要嫁人，沒辦法的事情。莊晴，晚上我們喝點酒吧。」我說。

「那是肯定的，你想喝什麼酒？」她笑著問我道。

「到了北京，當然就得喝北京二鍋頭啦。」我說。

「正合我意，這酒便宜。」莊晴看著我不住地笑。

我當然知道她這是開玩笑的，不過我覺得到什麼地方喝當地的酒，吃當地的知名美食，才不枉去到那裏一趟。

剛剛點好了酒和菜，莊晴的電話就響了起來，她接聽後就即刻站了起來朝著進門的方向在招手。不一會兒，我看見一個女孩子來到了我們面前。

我詫異地看著她，覺得她似乎很面熟。可是她卻並沒有表現出認識我的樣子。我暗自納罕：因為我對自己的記憶力非常有自信。

莊晴把她介紹給了我和劉夢，我頓時知道了她的名字叫霍思敏。莊晴沒有介紹她的職業，只說是她的朋友。

這下我開始懷疑起自己的記憶力來了。因為霍思敏這個名字在我的腦海裏根本就沒有一絲的印象。

霍思敏不喝酒。不過我也不好說什麼，因為勸女孩子喝酒是一種不文明的表現。莊晴解釋說：「她是唱歌的，要保護嗓子，所以不能喝酒。」

霍思敏歉意地道：「這只是一個原因，其實最主要的是我從來都不喝酒。我沾一點點酒就會醉。」

「這樣也好，喝酒其實是一件很痛苦的事情。特別是在喝醉以後，那種感覺簡直比生病還難受。」我說。不知道是怎麼的，我發現自己越看她就越覺得在什麼地方見過一樣，但是一時間又想不起來。這樣很讓人感到痛苦，於是我乾脆就不去想這件事情了。可能是像我某個漂亮的病人。我這樣分析道。

莊晴今天很高興，而且高興得有些興奮。她不住地勸我和劉夢喝酒，我們三個人很快就喝下了一瓶二鍋頭。

莊晴又準備要一瓶的時候，卻被我阻止了，「適可而止吧，這酒的度數太高了。」

「馮笑，你沒有你在江南的時候那麼豪爽。」莊晴不高興地說，「今天是我和你在北京第一次喝酒。無論如何我們倆都要喝醉才是。你知道嗎？今天當我在電話裏聽說你到北京的消息後差點樂瘋了。不行，我們還得再喝一瓶。」

這時候劉夢站了起來，她去拉了一下霍思敏的胳膊，「霍小妹妹，我們出去說會兒話。」

我看出來了，劉夢這是想給我和莊晴留下一個單獨在一起的空間。霍思敏頓時也明白了她的意圖，隨即便站了起來跟著她離開了。

莊晴看著我笑，「馮笑，你這個女朋友不錯，有我當年的風範。」

我頓時也笑了起來，「莊晴，你說什麼啊？年齡不大，怎麼變得這樣老氣橫秋的啊？什麼你當年的風範？我覺得她的性格變像你的。」

她看著我，眼神怪怪的，「馮笑，是不是因為我不在你身邊了，所以你就去找了她來替代我？」

我急忙搖頭，「什麼啊？不是的。」

「哎！」她歎息，「馮笑，其實我現在最懷念的是我們以前在一起的那些日子，可惜的是，這時光一去不再復返了。人啊，有得就必有失，就是這麼簡單。」

「那你覺得章詩語得到了什麼？又失去了什麼呢？」我隨即問道。

她搖頭，「可悲的就是她了。她不會得到什麼，只有失去。所以我才說她傻。」

我頓時默然。

「馮笑，你是不是心裏難受了？她畢竟也是你的女人。呵呵！馮笑，如果你想要幫她的話，現在還來得及，有一個辦法可以讓她馬上拒絕那個老頭。」她笑著對我說。

我頓時大喜，「什麼辦法？你快告訴我。」

她怪怪地看著我，我不禁不好意思起來，我這才發現自己剛才有些失態了。

「現在唯一的辦法就是，你去向她求婚。」她看著我，一字、一字地緩緩地說道。

我本來以為她會說出一個什麼高明的主意呢，卻想不到竟然是這樣的建議。我苦笑道：「莊晴，先不說這件事情完全不可能，就是可能的話，她也不一定會因此改變主意。我馮笑算什麼啊？我很有自知之明，我可沒有那麼大的魅力。」

「那倒是。」她笑道，「不過，假如我和你非常親熱地出現在她面前的話，你說她會不會改變主意呢？」

我頓時愕然，她的意思我即刻就明白了：她是想利用章詩語的好勝心態，同時也是利用章詩語內心深處對莊晴的不服氣。

不過我依然搖頭，因為這件事情我不可能去做。

莊晴看著我，歎息，端杯朝向我，「馮笑，這樣的話，章詩語可就真的完了。」

我不語。

「來，我們喝酒。」她又道，「其實從個人的情感上來講，我並不希望你去拯救她，但是你說得對，她畢竟是我的遠房親戚。而且她還那麼小。可惜了，這麼漂亮的一個女孩子被毀掉了。」

我搖頭，「不是這個問題。第一，即使我同意和她結婚也不一定能夠讓她回頭。第二，我不可能去做這件事情，我現在的妻子是陳圓，我不可能為了章詩語而拋棄陳圓。這一點你非常清楚。」

其實我覺得莊晴的話很有道理，因為章詩語親自對我說過，她說，除非我娶她。當然，那也可能是她說的一句為難我的話，因為她明明知道這是不可能的事情。所以，我依然覺得即使自己真的打算和她結婚的話，最後的結果也很可能變成一場笑話。

莊晴點頭道：「是這樣。問題的關鍵不在這個地方，想我莊晴，在我的內心裏又何嘗不想嫁給你？可是我有自知之明，知道自己配不上你，即使和你結婚了也不會長久。說實話，馮笑，如果我真的打算把自己嫁給你的話，豈能容你四處留情？正因為我有自知之明所以我才那麼縱容你，甚至還把陳圓送給了你。其實在我的內心裏覺得很對不起陳圓，因為我心裏總是在想，我莊晴得不到的男人豈能讓你一個人獨享？馮笑，你知道嗎？現在我真的不敢去見陳圓了，我覺得自己的內心非常的愧疚。」

我搖頭，心裏頓時也難受起來，歎息著對她說道：「莊晴，你別說了。」

她卻繼續地道：「其實說到底就是一點，她章詩語不值得你那樣去做。這才是問題的關鍵。」

我默然。

我的電話在響，是劉夢打來的，「馮笑，我和霍思敏先離開了。晚上我和她住在一起。」

我急忙去看莊晴一眼，嘴裏卻在問劉夢：「你們現在去什麼地方？」

「霍思敏馬上要去演出，她帶我一起去。」她說。

「我一會兒給你打電話。」我說，因為我不知道接下來該怎麼辦了。

「今天你和她好好在一起待一晚上吧。我看得出來，她很喜歡你。」她說，隨即掛斷了電話。從她的語氣上我並沒有感覺她在生氣。

「是你那個劉夢打來的吧？」莊晴問我道，神情怪怪的。

我點頭，「她說她今天和你那個朋友一起去住。對了，這個霍思敏是幹什麼的？我怎麼總覺得好像在什麼地方見過她似的？」

她頓時笑了起來，「馮笑，這樣的話你應該當面對著她去講。哈哈！不過這樣的泡妞方式也太陳舊了些。」

我哭笑不得，「莊晴，我說的是真的。我就是覺得自己好像是在什麼地方見過她。」

她依然怪怪地在看著我，眼神裏還有一種戲謔的意味，「馮笑，我知道，肯定是在你的夢裏，你做春夢的時候。說實話，霍思敏蠻漂亮的，而且是那種清純的、健康的美。」

我看著她苦笑，「莊晴，你越來越過分了啊。誰說我對她感興趣的？我說的是真的，真的覺得自己好像在什麼地方見過她。」

她依然在看著我怪笑，同時在搖頭，「不可能的，人家以前是在海南讀的大學……」

我頓時想起來了，急忙地打斷了她的話，「我知道她是誰了！她很崇拜你是不是？」

那次，我和陳圓一起去三亞旅遊的時候，在那家海鮮酒樓的露台外面吃飯的時候，一個女孩，身背一把吉他，她當時還帶了一本雜誌，封面上有莊晴照片的雜誌。對，就是她！

莊晴詫異地看著我，「你真的見過她？」

我點頭，於是把那次的情況對她講述了一遍，隨後說道：「她當時說她很佩服你，覺得你很了不起，能夠通過自己的努力從一個平常的女孩走到那一步。想不到她竟然真的跑到北京來找到你了。」

她看著我笑，「你這樣說我倒是真的相信你了。確實是這樣，她最近專程跑到了北京來找到了我，說她很崇拜我什麼的。馮笑，看來你和她真的很有緣分呢。」

我急忙地道：「莊晴，別胡說啊，我只是因事論事。你知道的，一個人心裏總是覺得某個人很熟悉，但是卻又實在想不起來的時候，心裏會被憋得很難受的。現在好了，我終於想起來了，這下可就舒服多啦。僅此而已。對了，她現在在什麼地方演出？」

「北京有很多演出場所，很多歌手在一些歌廳駐唱。霍思敏現在就是那樣，她喜歡音樂，而且她覺得自己需要一種那樣的經歷。她很不錯，很努力。」她說。

「既然她那麼崇拜你，今後你就多幫幫她吧。」我笑道。

「當然會幫她的，不過我現在還沒有那個實力去幫別人，最多也就讓她暫時和我住在一起。我前些日子租了一套公寓，兩室一廳，我們倆住正好合適。」她說。

我看著她，柔聲地道：「莊晴，其實你的心腸蠻好的，這我知道。不過呢，你好強起來的時候也很要命。」

「馮笑，我不想喝酒了。」她忽然地說道，隨即低聲地對我說：「我想要你了。」

我的內心頓時激蕩起來，她眼裏散發出來的情感讓我頓時怦然心動。

我們去到就近的一家酒店開了房。我擔心碰見劉夢她們。莊晴的身子漸漸軟了下去，摟住了我的腰身，急切地做出回應。之後，她摟著我的脖子，柔情似水地問道：「馮笑，你能很認真，很認真地吻我一下嗎？」

我輕輕一笑，俯下身子，以實際行動告訴了她正確答案。這一吻，持續了三分鐘。

吻後，我用手支撐著床，靜靜地看著身下美麗無比的她。她的臉蛋真的好美，如此近距離地觀看，更能體會到她傾城傾國的容顏。她的五官很精緻，配合得異常絕妙，有一種美麗女性特有的靈氣。她的一頭秀髮嫵媚地抿在腦後，尚有幾縷滑過脖頸，為脖頸處平添了些許風韻。她那淡淡的眉毛算是臉龐畫龍點睛的一筆，細細的、長長的、平直地覆在她的眼瞼上，眼睫毛不停地眨動著，生動得無可名狀。

她的手羞澀地給我導航，我的手宛如一葉扁舟，在黑黝黝的驚濤駭浪中游遍她全部的領海。波谷起伏，如溫暖的汪洋。從海底深處傳來陣陣顫動，好像地球在我們的身下要飄然離去……

早上醒來的時候發現外面剛剛放亮，莊晴竟然也是醒著的，我詫異地問她：「你怎麼也醒這麼早？」

「習慣了，自從我到了北京後就一直習慣早起。每天有那麼多事情要做，剛到北京的時候，我還參加了好幾個培訓班。現在我每天還要去學外語，還有其他一些東西。哎！書到用時方恨少啊，我覺得自己的知識面太窄了。」她說，隨即來依偎在我的懷裏。

我心裏很是高興，因為她知道了自己的不足，這就說明她已經進步得很快了。不過我還是有些詫異，「你去學外語幹什麼？」

「外語總是有用的。我現在是演員，今後和外國同行交流的可能性還是比較大的，所以我覺得自己應該先做好這方面的準備。」她說道，隨即來問我：「馮笑，今天你是怎麼安排的？要不我陪你去北京的名勝玩玩？」

我搖頭，「今天我想去看趙夢蕾的父母。」

「他們住在北京？」她驚訝地問道。

我點頭，「這是我一直以來的一個心願。我覺得自己很對不起趙夢蕾，更對不起她的父母。現在我到了這裏，無論如何都應該去看看他們才是。不過我現在遇到了一件為難的事情，因為我不知道該給他們送點什麼東西。趙夢蕾死了後我給他們通過電話，可是他們卻說早已經不認趙夢蕾當女兒了。我想，不管怎麼說趙夢蕾都是他們的骨肉啊，即使再生她的氣也不至於在她死後還那麼計較吧？所以我就想，以前趙夢蕾肯定不知道因為什麼事情讓她的父母受到了很大的傷害，所以才會讓他們至今都不能原諒她。我是趙夢蕾的丈夫，所以我也很擔心他們不會見我。」

「他們住什麼地方，你知道嗎？」莊晴問道。

我點頭，「我同學告訴過我。」

「這樣，你呢，今天就去給他們買一點常規的東西，香煙、好點的白酒，還有茶葉什麼的。然後去看了他們的情況後再做處理吧。對了，你去之前最好別給他們打電話，直接去，這樣最好。你覺得呢？」她說。

我說：「我也是這樣考慮的。那我們再睡一會兒吧，八點半我起床，吃了早飯後去商場買東西。你自己去忙吧，我可能今天下午或者晚上就回江南去了。」

她說：「本來我很想陪你去的，但是又覺得不大好。馮笑，你也千萬不要讓那個劉夢陪你去，畢竟趙夢蕾是他們的女兒，他們看見你帶著其他的女人去的話，心裏肯定會不高興的，這是人之常情。這樣吧，你再玩兩天，明天我陪你去頤和園、天壇，還有故宮玩。」

我搖頭，「算了，今後到北京的機會很多的，下次吧。」

「你呀，就是這樣，總是心事重重的，好不容易來一趟就應該玩高興才是，何必把自己搞得那麼累呢？」她歎息。

我苦笑道：「我也知道自己這樣不好，但是我沒辦法克制自己那樣的心情。」

她隨即在我耳邊輕笑，「這樣，我現在陪你再高興一次，或許你的心情就會變得愉快一些的。上午你去看趙夢蕾的父母，下午我們再聯繫，然後再決定明後天的行程。你看這樣好不好？」

上午八點三十分，我準時起床。我離開的時候莊晴還在沉睡。我暗自慚愧，因為我今天打亂了她原有的作息安排。

出門前給她留了一張紙條：麻煩你醒後去把房退了，如果我今天不離開北京的話我再和你聯繫。莊晴，我真心祝願你越來越好，更希望你儘快實現自己的夢想。

我沒在酒店吃飯，我想去外面吃點麻辣味道的東西。到北京雖然還不到兩天的時間，但是我就已覺得嘴裏寡淡得厲害了。我是江南人，只適應江南的飲食口味。

終於找到了一家餃子館，有麻辣調料。

在等候餃子端上桌的過程中，我給劉夢打了個電話，「今天上午我有點事情，事情辦完後我再和你聯繫。」

「馮笑，你……」她在電話裏「嘻嘻」地笑。

我當然知道她笑的是什麼，不過我覺得無所謂了，「劉夢，你別這樣。我剛才的話你聽見了沒有？」

她卻繼續在笑，「我知道了，你這次到北京來就是為了見她，是不是？嘻嘻！早知道我就不跟你來了。不過我很高興，因為我同時享受到了你給我的快樂。」

我忽然想到了一個問題，「劉夢，那個女孩不在吧？」

「你放心，她沒有和我住在一起。你不知道，昨天我回酒店的時候很擔心撞到了你們呢。」她笑著說。

我似乎明白了，「劉夢，我看你是故意回來的。」

「你真聰明，我其實很想和她一起和你玩的。我知道她不會反對。」她笑著說。

我暗自驚訝，「你為什麼這樣說？」

「她是屬於那種很豪爽類型的女人，很標準的我們江南女孩的性格。」她笑道，隨即又加了一句，「和我一樣。」

我哭笑不得，「就這樣了啊，我去辦事了。」

「那我今天一個人去玩了。這樣吧，我去頤和園，如果你可以早點辦完事的話，就立即給我打電話吧。」她說。

我連聲答應，心裏有一種微微的愧疚。

第七章

複雜心理

從趙夢蕾家裏的事情裏，
我知道了趙夢蕾有很強的懷疑心理和報復心理。
也許正是因為這樣才會出現她謀殺她前夫的事情。
現在，我心裏很是不明白：
為什麼她沒有採用以前那種過激的方式傷害於我？
她究竟為什麼會放過我？為什麼不忍來傷害我？

吃完早餐後我去到一家商場，買了兩瓶茅台、兩條軟中華，還有一盒鐵觀音。隨後就搭車朝趙夢蕾父母所住的地方而去。

這地方還真不好找，我花費了九牛二虎之力、問過很多人之後，終於找到了這個地方。

這裏與這座城市格格不入，它是一個陳舊的院落，不遠處的四周都是高樓大廈，在現代化的都市裏，這樣一片院落顯得有些不大協調。準確地講，這是一處上世紀六七十年代的建築，而且正處於準備拆遷的範圍。因為我在進入這片樓房的時候看見一處牆面上有用紅色油漆寫著的大大的「拆」字。

看了看外面的門牌號，確定沒有錯。當我踏進小院時，就感到一陣微風習習吹來。走在路上，小院裏的一群千年矮松緊挨在一起，像一群安靜的孩子。

小院裏飄出一陣輕快的音樂，一看，老人們正在做操舞劍，陽光撒滿了整個小院，像是披上了一層薄紗。小院裏種了不少的花卉，它們散發出一縷縷的清香，頓時讓我迷醉，頓時覺得這個小院裏有著一種平淡而又難忘的質感，不禁讓人深深的陶醉在這小院的暗香之中。頓時感受到了這些老人的幸福，聽到了小孩子們的歡笑。這裏有著一種樸素的美，這種美很令人感動。因為我記得自己的家鄉、我父母所住的那個小院也是這個樣子的。

我站在小院的入口處看著裏面，就這樣靜靜地看著。因為我想不到在這個喧鬧而繁華的大都市裏竟然還有如此的清靜之地，同時還有些惶恐。我已經到了這個地方了，忽然有了一種猶豫——我有了一種想要退縮回去的衝動。幸好裏面的溫馨留住了我的腳步。

也許是我在這地方站立得太久了吧，頓時引起了裏面的人的注意，一位老太太過來問我道：「你找誰啊？」

因為我手上提有東西，所以她的眼神裏沒有警惕，而是笑眯眯的樣子。她說的是標準的京片子，而且容貌上沒有一絲趙夢蕾的影子，所以我心裏頓時輕鬆了下來。說實話，在來到這裏的路上我心裏都是惴惴的，而到了這裏之後那種惴惴的感覺就更加強烈了。

我即刻說了趙夢蕾父親的名字。

老太太說：「哦，你找他啊。」隨即轉身去朝那群舞劍的老人大聲叫了一聲：「老趙，有人找你！」

我急忙朝那群老人看去，頓時就發現誰是趙夢蕾的父親了，因為我發現他幾乎就是趙夢蕾的範本。他朝我走了過來，到了我面前後不住地打量著我，「你是誰？」

他說的是普通話，不過依然帶有我們江南的口音。

「爸，我是馮笑。」我說。

在來到這裏的路上我就一直在想：如果見到了趙夢蕾的父母後，我怎麼稱呼他們呢？到時候又如何介紹自己？

現在，當我見到了趙夢蕾的父親後，即刻就叫了出來，「爸，我是馮笑。」我說出的這幾個字與我在路上想到的方案完全不同，我叫出來了後才覺得自己的緊張頓時沒有了，而且自己叫得極其自然。我沒有說普通話，使用的是我家鄉的口音。

他怔住了，即刻轉身就走。

「爸！我是馮笑啊。」我在他身後大叫了一聲。可是他卻沒有停留，繼續地在朝前面走。我頓時呆立在了那裏。

剛才來問我的那個老太太即刻過來問我道：「你是誰啊？怎麼叫他爸？」

「我是他女婿。」我說，神情沮喪。

「他女兒不是已經死了嗎？」老太太詫異地問。我也很詫異：她怎麼知道的？不過我沒有去問她，只是點了點頭，隨後說道：「我到北京來出差，順便來看看他。可是，這……」

「哎！」老太太歎息，「這樣吧，你到我家裏去坐坐。然後我讓其他的人去和他先說說。你看這樣好不好？」

我連忙答應，不住道謝。我在心裏萬分感謝這個老太太的熱心。

「老頭子，你去和老趙說說，他女婿從那麼遠來了，怎麼不讓人家進屋呢？」老太太隨即轉身去對一位老頭說道。

那個老頭看了我一眼，我急忙向他道謝，他苦笑著搖頭，「你這個老太婆，真是多事。哎！行，我去。」

老太太對我說：「小夥子，你別著急，他會見你的。走吧，去我家裏喝點水。」

我再次道謝，隨即跟著她去到她的家裏。在路過小院的時候，看見那些老人們都在看著我竊竊私語。

老人住的房子不大，一室一廳，沒有裝修過，看上去很簡樸，不過收拾得倒是比較乾淨。

她請我坐下，然後給我泡了一杯茶，隨即問我道：「你是第一次來這裏吧？」

我點頭，「是的。他女兒是我中學的同學，後來他們搬到北方來了，就很多年沒有見過他們了。」

「你是他女兒的第二個丈夫是不是？她的第一個丈夫不是被她給殺了嗎？」老太太在問我道。

這下我頓時明白了：這個老太太並不是因為熱情才把我請到她家裏來的，可能更多的是因為她的好奇。不過我想，也許我正好可以從她這裏瞭解到一些趙夢蕾家庭的情況呢。因為我知道，像這樣的老太太應該知道很多事情的，她是屬於那種包打聽類型的人，這樣的人在任何地方都有。於是我點頭，「是的，您怎麼知道得這麼清楚？」

「她父母的情況你知道嗎？」老太太反而問我道。

我搖頭，「說實話，我很慚愧。我和趙夢蕾結婚後，還從來沒有來拜訪過兩位老人家呢，對她家裏的情況我可以說是一無所知。」

「難怪。」老太太搖頭歎息，「老趙從來不說他和他女兒之間的事情，我們其他人也只是在私底下悄悄說。」

「您可要告訴我嗎？前些年他們家裏究竟發生過什麼事情？我妻子走了後我給岳父打過電話的，但是他根本就不理我。我真的不知道這是為什麼。」我隨即問道。

現在，我已經不再去考慮什麼顧忌不顧忌的事情了，只想儘快搞明白趙夢蕾的家裏以前究竟發生過什麼事情。我想：或許在搞清楚了一切之後，才可以讓我容易去接近兩位老人。現在，趙夢蕾已經不在了，不管怎麼說我都是他們的女婿，這養老送終的事情依然是我的義務。特別是我想到前天晚上的那個夢，我已經把那個夢當成了趙夢蕾對我的囑託。

這和迷信無關。

所以，我覺得在這個老太太面前應該儘量問一些實質性的問題為好。我看得出來，她是屬於那種閑得很無聊的老人類型，而且嘴巴喜歡說，喜歡打聽，這正是我需要的。

果然，她接下來說出了曾經在趙夢蕾家裏發生過的一切事情——

趙夢蕾的父母搬到北京後不久，她母親就去世了。那年趙夢蕾剛剛大學畢業。可是，就在她母親去世還不到半年的時候，她就發現父親和一個女人來往密切的事情，於是她就和她父親大吵大鬧，為這件事情她父親還打了她。可是想不到後來趙夢蕾竟然做了兩件讓她父親深惡痛絕的事情來。

第一件事情是，趙夢蕾竟然去公安局報案，說她父親夥同那個女人一起謀殺了她的母親。後來在員警經過調查後，認為那樣的情況根本就不成立，可是趙夢蕾並沒有因此甘休。在這件事情之後不久，她父親的那個相好就被人打了，被打得遍體鱗傷但是卻又沒有傷筋動骨。她父親懷疑是趙夢蕾讓人幹的這件事情，但是卻又沒有證據，於是在一怒之下就和她斷絕了父女關係。

「這件事情我們這個院裏的人都知道。從此後就再也沒有看見老趙的閨女來過了。後來老趙和那個女人結了婚，那個女人當然最恨老趙的這個閨女了，結果把她殺人的事情到處說，還有後來她自殺的事情。哎！這家人真是的，怎麼這樣呢？你這次來了也好，說不定可以替你媳婦為他們做點什麼。不過……哎！現在還有什麼用呢？其實有件事情我們還是知道的，老趙在得知他閨女死了的消息後，大哭了一夜。這人啊就是這樣，活著的時候不知道去諒解她，死了後哭又有什麼用呢？你說是不是？對了，你叫什麼名字來著？」

她一個人在那裏嘮叨，我聽了後頓感心裏難受，隨即便站了起來。忽然聽到問我叫什麼名字，我沒有回答她，只是這樣對她說道：「婆婆，麻煩你把這些東西交給我岳父吧。同時也請您轉告一下他，今後如果他有什麼事情需要我幫助的，隨時可以給我打電話，或者直接到江南來找我。我在江南醫科大學附屬醫院上班，他知道我的名字的。謝謝您了。」

「喂……」她叫了我一聲，但是我卻即刻地離開了她的家，然後快速地跑出了這個小院。

出了那片院落後，我才放慢了腳步，很快地將自己匯入到人流中。我不想馬上去坐車，因為我的思緒一片紛亂。

一直以來我都非常渴望知道趙夢蕾和她的家人發生過什麼樣的事情，但是在今天，當我知道了一切之後，才發現她的事情和我曾經無數的想像、猜測根本不同。而且，當我在聽完了那位老太太的話之後，頓時不寒而慄起來。

從趙夢蕾家裏的事情裏，我知道了一點，趙夢蕾有很強的懷疑心理和報復心理。其實這是一種心理不健康的表現，甚至可以說是精神分裂症的前兆。也許正是因為這樣才會出現她謀殺她前夫的事情。

我和她結婚前就和莊晴有了那樣的關係，結婚後那種關係卻繼續存在，並且在後來又和常育、陳圓有了不應該有的關係。這些事情趙夢蕾都知道。現在，我心裏很是不明白：為什麼她沒有採用以前那種過激的方式傷害於我？難道僅僅是因為我對她從來都是溫言相向的緣故？抑或是因為她是二婚，而我是第一次婚姻？

不，不應該是這樣的。因為對於一個心理有疾患甚至精神上有問題的人來講，她做不到那樣的克制。那麼，她究竟為什麼會放過我？為什麼不忍來傷害我？

我想不明白。

在我心裏感到極度的害怕之後，我頓時對她有了一種感激：夢蕾，謝謝你，謝謝你沒有傷害我。

本以為這次去拜訪了趙夢蕾的父親之後我會明白一切，但是我卻發現自己越來越疑惑了。現在，我一個人獨自走在大街上，我的心裏更加難受起來。因為我發現自己現在想到的竟然全部是她的好。

我想到了她曾經對我的那些溫柔，想到了她每天給我做飯，煲湯，還有和我的那一次次的歡愛。想到那一切，我心裏就更加慚愧，更加覺得自己混賬。忽然又想起那個夢來，想起她在我夢中的那個眼神，隨後又想到了她父親所住的地方馬上面臨拆遷的事情，我開始加快了自己的腳步，然後去尋找自己需要的銀行。

一小時後我再次去到趙夢蕾父親的住處，我身上已經辦好了一張新卡，裏面有我剛剛存進去的二十萬塊錢。

我很痛恨自己，因為我卡上的錢太少了。我的錢都用在了專案上面。

進入到小院後，沒有碰見前面的那個老太太，我心裏頓時鬆了一口氣。我不想再聽她的喋喋不休，更不想她再來向我打聽任何的事情。

我碰見了一位中年男人，向他打聽到了趙夢蕾父親的住處後，就直接去到了那裏。

到了，可是我卻發現門口處有我前面給他帶來的那些東西。我不禁歎息，隨即深呼吸了幾次後，開始敲門。

門打開了，我眼前出現的是一位很有風度的中年女性。她問我道：「你找誰？」

「趙伯伯在嗎？我是他的老鄉。」我用標準的普通話問她。

「老趙，有人找你。」她轉身去叫，卻並沒有讓我進屋的意思，我只好站在門外等待。

一會兒後就看見趙夢蕾的父親出來了，他看見了我後頓時勃然變色，「你怎麼又來了？」

雖然惶恐，但是我只能堅持讓自己停留在這裏，「爸，不管怎麼說，趙夢蕾已經不在了，以前您再恨她，她也畢竟是您的女兒。我這次是特地代表她來看您的，您可以讓我進屋嗎？」

他怒聲地道：「我早說過了，我沒有那樣的女兒。所以就更不會認你這個女婿了。你走吧，不要讓我說出難聽的話來！」

「爸……」我再次叫了他一聲，但是卻被他即刻打斷了，「你給我滾！難道你非得要我去死才高興嗎？她已經死了，這還不夠，你還來折磨我，你究竟安的是什麼心？你趕快給我滾！」

我頓時尷尬在了那裏，一瞬之後我才歎息地道：「好吧，我馬上走。爸，這張卡裏面有點錢，要不要隨便您，我就放在這些東西上面了，卡的密碼是夢蕾生日後面的六位數。我是昨天到北京的，昨天晚上我還夢見了她的，她對我說，讓我一定要來看您。」

說完後，我就把那張銀行卡放在了門外那些禮品的上面，然後轉身離開。剛才我對他講的話並不真實，但是我希望他能夠因此改變他對自己女兒的看法，畢竟趙夢蕾是他的親骨肉。

我不知道自己這樣做是對還是不對，但是我已經做了。

我離開後剛剛走出不遠，就聽見後面傳來了聲嘶力竭的痛哭聲。是趙夢蕾父親的聲音。我的眼裏頓時全是淚水，隨即快速地跑出了小院。

到了大街的路邊後，我即刻招手上了一輛計程車，「去頤和園。」

這才開始給劉夢打電話，「在什麼地方？」

「在酒店裏。」她說。

我很詫異，「你不是說去頤和園嗎？」

「我覺得一個人去那裏很無聊。」她懶洋洋地說，隨即問我道：「怎麼？你的事情辦完了？」

「我想回家。」我說，「你呢？還在這裏玩嗎？」

「你要回去的話，我當然跟著你回去啦。怎麼？家裏有急事？」她問我道。

「不是，我心情不大好，想馬上回去。我覺得家裏踏實一些。」我鬱鬱地說，這是我的心裏話。

「那還不如就在這裏散心呢。」她說。

「這地方人太多了，到處都是密密麻麻的人，我覺得自己透不過氣來。這樣吧，你在酒店等我，我馬上回來，回來後再說。」我隨即說道，然後吩咐計程車司機去另外的地方。

北京的司機有一點比較好，就是他們的服務態度還不錯。他爽快地說了一句「好！」然後就在前面的路口掉頭了。

「真的要回去？」劉夢見到我後，即刻就問我道。

我點頭，「我覺得這裏的人太多了，而且我家裏一大堆事情。」

「好吧，那我們現在去機場。就是不知道今天到江南的班機是什麼時間的。」她說，同時在看著我，「馮笑，我怎麼覺得你這麼憂鬱啊？是不是你和那個女演員吵架了？」

我不禁笑了起來，「說什麼呢，怎麼可能？」

「那就好，本來這次我陪你來的目的就是想讓你高高興興的。既然你要回去了，那我也就陪你一起回去吧。」她說。

「你還想在這裏玩？如果你想玩的話，我陪你就是。」我說，因為我被她剛才的話感動了。

她看著我，「或許，我們可以選擇另外一種方式。」

「哦？你說說，什麼方式？」我頓時好奇起來。

「我們去機場，然後看最早飛往南方的飛機是哪一班，如果有票的話，我們就直接上機。你覺得怎麼樣？」她說。

「就這樣漫無目的？」我笑著問她道，覺得她有些異想天開。

「是啊，這樣的話就完全是隨機的了。因為是隨機所以才充滿著未知，這樣不是很浪漫嗎？當然，前提是你得有時間。」她笑著說道。

我頓時沉吟起來。從她的話裏我感覺到了一點：她並不想馬上回江南。

「劉夢，你幹嘛不想回家呢？你不是說你是來陪我的嗎？既然我想回去了，你不也正好解脫了嗎？」我問她道。

她的神情頓時黯淡了下去，搖頭歎息道：「馮笑，你說的不對。我來陪你是真的，但是並沒有解脫那樣的說法。其實我開始來的時候確實只是想陪你，想討好於你，但是現在我覺得不是那樣了，我發現自己竟然慢慢喜歡上你了，所以就還想和你單獨在一起玩幾天。我不想馬上回去，我那男朋友傻乎乎的，話也很少，就知道帶我去吃東西，一味地討好我。我覺得厭煩。」

「你還要和他生活一輩子呢，那你今後怎麼辦？」我問她道，心裏覺得她的有些想法真奇怪。

「他作為老公是肯定合適的，不像有些男人那樣整天在外面花心……」她說，說到這裏的時候頓時發現了自己的話有問題了，即刻來看著我，「馮笑，我不是說你。你別多心……你不一樣。」

我不禁苦笑，「沒關係，我本來就不是什麼好男人。」

她低聲地道：「馮笑，我真的不是說你。你和其他的男人不一樣的，因為你妻子……其實我們女人有時候也和你們男人一樣，總希望自己的男友規規矩矩的。我和我男朋友之間有些特殊，他主內、我主外，所以……嘻嘻！我不說了，說起來我也不是什麼好女人，不過我想，也許今後我和他結婚了，有了孩子後就會改變的。不過憑笑，你真的很不一樣，因為我和你在一起的時候，才覺得自己像一個女人的樣子，而且，而且你給了我前所未有的作為女人的那種，那種感覺你知道吧？」

她的話讓我內心頓時浮動起來，「你說的是快感？」

「你討厭！非得把人家的意思挑明。」她「吃吃」地笑。

我的激情頓時被她給撩撥了起來，即刻過去將她抱住，「劉夢，我們再來一次，做完了再去機場好不好？」

「我也正這樣想呢。」她說，嘴唇已經在了我的耳垂上……

一個小時後，我們坐上了去往機場的計程車。酒店距離地鐵比較遠，所以我們還是選擇了計程車。在車上時我給莊晴打了個電話，告訴她我已經離開北京了。

「哎！你呀，怎麼這麼匆忙就離開了？我還正說把最近幾天的時間調整一下呢。」她說。

「沒辦法啊。家裏、科室裏一大堆事情。」我說。

「今天你去那裏後的情況怎麼樣？」她問道。

「你別問了。就一句話，我差點吃了閉門羹。後來我硬著頭皮去見了她的父親。哎，一言難盡。莊晴，我預祝你拍攝的電視劇成功，對了，開播前你一定要給我打個電話啊。」我說。

「那是肯定的。」她笑道，「對了，我哥哥的事情麻煩你繼續關照啊。他最近把我嫂嫂也接了去了，也在食堂裏做事情。我還說了他的，他說他現在是伙食團長了，有這個權力。馮笑，這件事情可給你添麻煩了。沒辦法，農村出來的人總是覺得城市啥都好。」

「沒事，小事情。既然他那公司沒對我講這件事情，我就假裝不知道好了。這樣吧，你跟他說，如果他有什麼需要我出面幫忙的事情，就直接給我打電話或者直接來找我就是。你看這樣行嗎？」我說。

「好，馮笑，真想你在北京多待上幾天。我說的可是真心話啊，絕不是虛情假意的啊。」她笑著說。

我當然知道她說的是真心話了，從昨天晚上我們在一起的情況就可以完全看得出來。她還是以前的她，對我還是那樣充滿著情誼。

和莊晴通完電話後，我忽然想起了一件事情來，隨即給孫露露撥打了一個電話，「麻煩你讓財務給我的卡上匯點錢過來。十萬吧。賬上不會緊張到十萬都拿不出來了吧？」

「這點錢倒是沒問題的，不過目前融資上面確實遇到了些阻力。你家鄉的銀行壓力很大，因為縣裏有個別的領導說我們純粹是在玩空手道。」她說。

「你別著急，我儘快回去想想辦法。你現在是在我家鄉呢，還是在省城？」我問她道。

「在你家鄉。這幾天我和你父親一直在商量後續資金的問題呢。」她說。

「這樣吧，過兩天你馬上回省城來，和我一起去找一下省建行的行長，看她能不能給縣建行方面打個招呼。」我想了想後對她說道。

「你和省建行的行長熟悉？」她問我道。

「嗯，前不久才認識的，不過目前和她的關係還處得不錯。」我說。

「太好了！其實縣裏銀行的主要問題就在於他們貸款的額度受到了限制，如果有省行的關係的話，事情就容易多了。這樣吧，我過兩天就回來，正好這兩天和你父親一起把拆遷方面的相關問題處理一下。馮笑，你不知道，最近你父親心情煩透了，你們那些親戚、還有他曾經的那些老同事都去找他，都是為了拆遷補償的事情。」她隨即說道。

我不禁苦笑，「這早就在意料之中了。沒辦法的事情，我們那地方就那麼大點。」

「我給你父親講了，公司是我在負責，讓那些人都來找我好了。反正我又不是那裏的人。」她笑道。

「這辦法倒是不錯。不過你不知道，我父親可是很要面子的人。」我說，心裏在歎息：看來最近父親的心情肯定很不好，真是太難為他了。

「確實是這樣。不過你父親這次倒是很坦然，他就是那樣對那些人講的。他說，我這個總經理就是一個幹事的人，沒實權的。哈哈！馮大哥，老爺子還真不錯。你是沒看到他和那些人說話時候的樣子，可憐巴巴的裝得真像。搞得我怪不好意思的，每天給他買一瓶好酒去慰勞他。」她大笑道。

我頓時也笑了起來，心裏暗自奇怪：父親的這個變化也太大了吧？由此可見，工作環境的改變也是可以讓一個人的心態和性格發生某些變化的。

隨後又和她在電話上閒聊了幾句，她最後對我說：「這樣吧，我給你劃二十萬過來，你身上得有錢才行。不過你得馬上給財務總監說一聲才是。」

像這樣大筆的款項必須得經過我的同意才可以支付出去，這是我對公司財務上的規定。隨即我給財務總監發了個簡訊。

公司的財務總監是一位美女，林易特地安排的人。我和她只見過兩次面，她給我的感覺就好像她不是我公司的人一樣，每次見到我的時候雖然很客氣，但是卻不冷不熱的樣子。後來我悄悄問過孫露露，她對我說這個財務總監倒是非常盡職，於是我也就放心了許多。所以，現在我很不想和她通話，不過我覺得發個簡訊就可以了，畢竟她知道我的電話號碼。

可是，不一會兒她卻給我撥打了過來，「你是馮笑本人嗎？」她問我道。

「是。」我回答，不禁苦笑：看來簡訊還不行，她一樣不放心。

「今後還是請你直接給我打電話的好。簡訊很不保險，如果別人用你的手機給我發簡訊的話，我怎麼知道是不是你本人？你說是嗎？」她說道，很嚴肅的語氣。

「是，你批評得對。」我苦笑著說，感覺她才是我老闆一樣。

「你錯了，我不是批評你。我哪裏敢批評你啊？你才是我真正的老闆嘛，這我心裏可是非常清楚的，我只是提醒你而已。好了，我馬上安排把這筆錢給你劃過來。」她說，隨即掛斷了電話。我腦海裏頓時浮現出她那張冷若冰霜的臉來，不禁又是搖頭苦笑。

「馮笑，你沒錢啦？」劉夢問我道。

「是啊，你不是要去玩嗎？我身上沒錢了怎麼去玩？」我說。

「我有啊？怎麼？你覺得花我的錢不應該？」她嬌嗔地問我道。

我頓時笑了起來，「我花你的錢？你不是想讓我給你們提供賺錢的機會嗎？」

「那是賺大錢好不好？我們去玩的錢相當於工作經費。」她笑道。

我去看了前面計程車司機一眼，然後將嘴唇遞到她耳邊輕聲地問她道：「那你來陪我算什麼經費呢？」

她猛地側身，然後伸出手來輕輕打了我一下，「馮笑，你討厭！你怎麼把我想得那麼不堪？」

我看見她並沒有真的生氣，因為她的臉上還帶有笑容，於是急忙地道：「開玩笑的，你剛才不是都說清楚了嗎？呵呵！」

從北京的城區到達機場花費了近兩個小時的時間，主要還是城區太堵車了。說實話，北京給了我一個極不好的印象，我對這裏的感覺就四個字：人多，堵車。所以我覺得從住家的角度上來講，北京不如我們江南。

到了機場後我忽然想起了一件事情，「劉夢，我們不可能去售票處詢問這件事情吧？去往南方的飛機航班那麼多，不可能一一都問到的。搞不好人家還會以為我們是恐怖分子呢。」

她笑著說：「你傻啊？我們去要一張航班時刻表不就行了？」我頓時覺得自己真夠傻的，於是對她說道：「那你去要一張吧。我去那裏的報攤看看，買本雜誌什麼的上飛機後看。」

她去了。我即刻去到那個賣報刊雜誌的地方，隨意買了份報紙，還有一本《小說月報》。

不一會兒劉夢就回來了，我發現她的手上並沒有什麼飛機時刻表，於是便問她道：「怎麼？沒有了？」

她搖頭，「我查到了，最近的航班是去往張家界的。」

我笑道：「張家界好像不錯哦。」隨即心裏頓時一動，於是又問道：「究竟是幾點的航班啊？」

「還有接近兩個小時起飛，我們可以先去吃飯。」她笑著對我說。

我看著她笑，「劉夢，你騙我了吧？」

她歪著頭在朝我笑，「沒有。」

我發現自己特別喜歡她歪著頭朝我笑的樣子：這樣讓她看上去青春漂亮而且還很俏皮可愛。我想，她自己也一定知道那樣更逗人喜歡，不然的話，她幹嘛總是喜歡做那樣的動作？

我朝她伸出手去，「拿來我看看。」

「什麼啊？」她假裝不懂我的意思。

「航班時刻表啊。」我笑著對她說道。

「我看了就把時刻表放在原處了。」她依然笑著在對我說。

這下，我更加懷疑她是在騙我了，於是對她說道：「那我自己去拿來看。」

說完後我就朝裏走去，她卻急忙跑過來挽住了我的胳膊，嬌嗔地對我說道：「馮笑，你討厭啦！你就假裝相信我的話不可以啊？」

「前面你怎麼說的？哪一班飛機最近就坐哪一班，順其自然。」我笑著對她說，隨後即刻斂容對她說道：「劉夢，我這個人最討厭別人騙我了。希望你今後不要再這樣了。」

「你這人！一點不浪漫，一點都不將就我們女孩子！」她抱著我的胳膊輕輕搖晃。

我的聲音頓時變得柔和起來，「劉夢，我可以陪你去張家界，但是你不應該騙我。這是兩碼子事。明白嗎？」

她看著我，忽然地笑了起來，「你怎麼知道我騙你了？」

「南方那麼多風景名勝區，而這裏是首都機場，不可能最近的航班是兩個小時以後的。」我微笑著說。

她「咯咯」地笑，「是啊，我怎麼這麼傻呢？馮笑，那你猜得出來最近的一班飛機是飛往哪裏的？」

我想了想後說：「不會是去我們江南的吧？」

她張大著嘴巴看著我，「你怎麼又猜到了？你怎麼猜到的？」

我笑道：「很簡單。你不想回江南，如果最近一班飛機不是飛往江南的話，你根本就不用來騙我的。」

她隨即搖頭歎息，「馮笑，你太聰明了，我都有些怕你了。」

「這叫什麼聰明啊？只是依理推論罷了。」我說。不過我心裏在想：你怕我也好，免得今後搞出什麼事情來。

「那我們去張家界好不好？」她仰頭來問我道，一雙眉目帶著期盼，她小巧的下巴和白皙如雪的漂亮頸項讓我頓時怦然心動。

我說：「本來是應該順其自然的好，既然最近的航班是回江南，那我們就應該馬上回去。不過我覺得你的提議也很不錯，我聽說張家界很漂亮，心裏早就想去了。但是有一件事情我想告訴你，在我們來北京之前我給我們醫院的新院長打了一個電話，我和他約好了在我回去後想請他吃頓飯，其實也就是談你們今後業務的事情。現在你選擇吧，你說我們去哪裏就是哪裏。」

她看著我，頓時怔住了。

我笑著對她說：「不要挨時間哦？再挨時間的話，可能就會錯過回江南的班機了。」

「如果我們過幾天回去的話，不影響這件事情吧？」她問我道。

「應該不會，不過有些事情我還是擔心夜長夢多。」我朝她笑道。

「我們還是去張家界吧。也就兩天的時間，無所謂。你說是不是？」她說。

我對她的這個選擇很滿意。其實我說出那件事情的目的僅僅是為了看看她如何選擇我提出的這兩件事情，因為我不喜歡過於現實的女人。

第八章

沒有誰比父親更瞭解女兒

現在，我心裏似乎已經明白，他讓我去北京的目的，
其實就是希望我能夠以答應娶章詩語的方式將她勸說回來。
他知道我和章詩語的關係，肯定也清楚章詩語對我的好感，
所以他十分清楚我去勸阻章詩語才是最佳人選，
而且他也估計到章詩語可能會對我提出結婚的事情。
沒有誰比一位父親更瞭解自己的女兒，
只不過他瞭解得太晚了些。

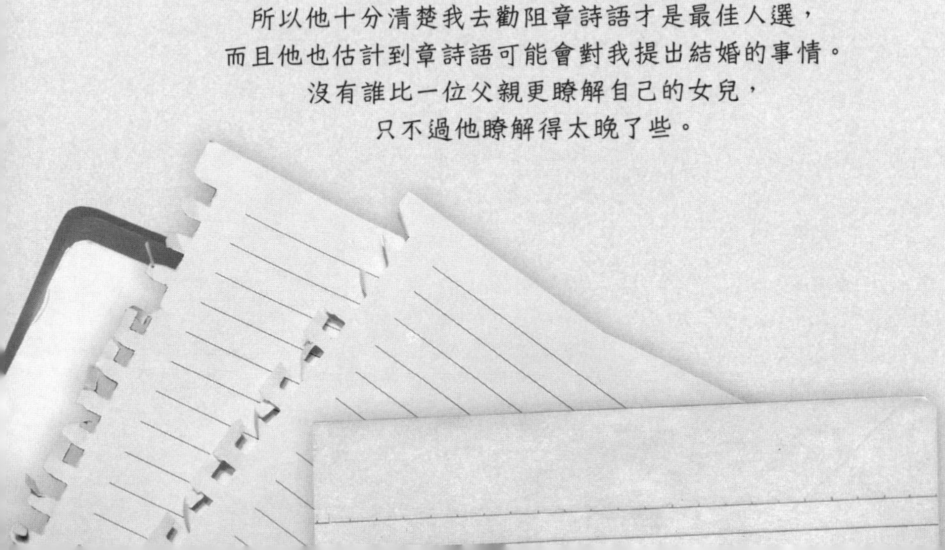

不過我還是決定回江南，因為我擔心家裏的事情，還有一件更重要的事：我的專案現在急需貸款。這可是不能開玩笑的。而這件事情我得提前和康得茂好好商量一下才行，畢竟林行長是他的關係。

劉夢並沒有堅持要去張家界，其中的原因當然可能不止一個。不過我倒是覺得旅遊的事情可以暫時緩一緩，因為我們現在畢竟還很年輕，今後的機會多得是。

此時，我忽然想起自己曾經對童瑤的承諾，我答應她一起去西藏的事情。以後吧，等我把這兩個專案完成得差不多的時候。我在心裏對自己說。

隨便在候機大廳裏買了點東西吃，隨後去安檢。在等候登機的過程中我開始翻閱自己買來的報紙，劉夢將她的身體靠在我的身側看那本雜誌。

當我將報紙翻閱到娛樂版塊的時候頓時就呆住了，因為我看到上面登有章詩語的消息，而且那則消息竟然是如此的醒目。

昨天晚上莊晴告訴我說章詩語的事情被登報了，可是我卻沒有看見過那個消息。今天我在機場買的是一份今天的北京晨報，而在這份報紙的娛樂版裏竟然登有很大篇幅的關於章詩語準備和那個導演結婚的消息。

報導的前面部分分別介紹了那位導演和章詩語的基本情況，隨後是記者分別對他們兩個人的採訪內容，而且上面還有兩個人的照片。

照片上的那位導演滿頭花白的長髮，還留有滿臉的鬍鬚，有些鶴髮童顏的味道。而章詩語嬌美的模樣卻與他形成了鮮明的對比。不過從照片上看，兩個人似乎很甜蜜的樣子。我盯著那幾張照片看了很久，心裏很不是滋味。

隨後才繼續去看報紙上面的那些內容。

我發現整篇報導純屬娛樂八卦的寫法，比如在介紹那位導演的時候極盡奉承之詞，說他曾經導演過多少部觀眾喜愛的電影、電視劇什麼的，可是我卻從來沒有看過，甚至連聽都沒有聽說過。隨後還介紹了章詩語的情況。說她如何漂亮，如何多才多藝，而且還是未來的影視之星什麼的。不過這位記者倒是很不錯，他沒有說到章詩語父母的情況。

這篇報導寫道：導演某某某說，他很愛章詩語，愛她的純真、漂亮，愛她的溫柔、體貼，愛她的表演才華等等。隨後是採訪章詩語的內容。章詩語說，她是真心愛這位比自己大三十多歲的男人的，「年齡根本就不會成為我們愛情的絆腳石。」

章詩語的這句話被打上了引號。

我再也看不下去了，我明顯的感覺到這篇報導完全是那位導演花錢請人寫的，目的很明顯，就是為了炒作。

我正準備將報紙合攏然後扔到不遠處的垃圾桶裏，卻忽然看到這篇報導的最後面寫了一句話，「準新郎說，他在與章詩語舉行婚禮後，將專程去拜望新娘的父母……」

我不禁替章校長擔憂起來。

回江南後我沒有驚動任何人，搭車送劉夢回家後就直接去了醫院。第一時間是去看陳圓，然後跟那裏的科室主任商量好了第二天出院的事情。隨後給林易打電話，告訴他我已經回來了，同時把自己在報紙上看到的消息告訴了他。

「我知道這件事情了。」他說。

「想不到竟然出現了這樣的情況。我覺得今後章校長的處境可能會比較尷尬。」我歎息著說。

「這件事情的根源其實還是在他自己身上。」他說，「除非他現在和他現任老婆離婚，然後去把他原先的那個老婆，也就是章詩語的媽媽接回來一起住。說到底，這件事情最根本的原因是他女兒在報復他，故意讓他難堪。」

「這恐怕不可能吧？那他以前的那件醜事豈不是就曝光了？」我說，忽然呆住了，「你怎麼也知道了這件事情？」

他笑道：「我是商人，商場如戰場，知己知彼百戰百勝的道理，我還是知道的。」

我頓時默然，心裏不禁覺得他太可怕了，不過轉念間便覺得可以理解了。對，他說得對，商場如戰場，他肯定會去事先瞭解章的底細後才去和他合作的。

他繼續說道：「現在我才明白了一件事情，我估計最開始他女兒根本就不想進入什麼演藝圈，她的目的就是為了讓她父親為難。章和他現在的老婆結婚後他女兒和他現在的老婆處不好，於是才把她送到國外去讀書的，但是他女兒對他的恨卻根本無法消除，所以才有了後面的那一切事情來。」

我覺得他的分析很有道理，不禁也想到了章詩語和我的事情來——這何嘗又不是她的一種報復方式？

不管怎麼說，現在章詩語的做法就只有一個目的：她就是為了讓自己的父親難堪，而且這個目的她已經達到了。否則的話，那篇報紙上是不會說最後那句話的。

「馮笑，章校長前些天給我打了個電話。」他隨即說道。

我心裏很煩亂，「哦？」

「你知道他在電話上要求我什麼事情嗎？」他問我道，語氣聽起來冰冷異常。

「什麼事情？」我情不自禁地問道。

「我知道他為什麼要派你去北京。」他繼續地說道。

「為什麼？」我問道，心裏忽然感覺到一種不安起來。

「他早就知道了你和他女兒的關係了。」他說。

這一刻，我驟然感到全身一片冰涼，頓時呆在了那裏。耳朵裏卻聽到他在繼續地說道：「那天他給我打電話來，和我商量，希望我同意讓你和小楠離婚，然後去娶他的女兒。」

「不可能！」沒有任何的思考，我猛然大聲地叫了出來。

在這件事情上，我一直認為章校長是出於信任才讓我替他去處理這件事情的，但是卻想不到竟然是這樣一個原因。

他竟然早就知道了我和章詩語的關係了！

我心裏頓時害怕起來。我不是因為害怕他的校長地位，而是我覺得這個人太能克制和隱忍自己了。現在，我心裏似乎已經明白，他讓我去北京的目的，其實就是希望我能夠以答應娶章詩語的方式將她勸說回來。他知道我和章詩語的關係，肯定也清楚章詩語對我的好感，所以他十分清楚我去勸阻章詩語才是最佳人選，而且他也估計到章詩語可能會對我提出結婚的事情。沒有誰比一位父親更瞭解自己的女兒，只不過他瞭解得太晚了些。

章詩語確實在我面前提出過那樣的事，只不過她的方式比較隱晦和委婉罷了。

章校長做不到去和他的前任妻子重婚，所以才採取了這樣的方式。他希望我能夠替他解圍。

現在，我也似乎明白了他非得要我給林易打電話的意圖了。很明顯，他是希望林易告訴我他的想法。我和他沒有交易，以前交易過而且今後還得繼續交易的是他和林易，所以他不可能直接告訴我他的那個想法，因為他完全可以想到我會拒絕。他是校長，如果被自己的下屬拒絕的話，總是一件很沒有面子的事情，而且還只能把事情搞得更糟糕。

至於後來他讓我不要管這件事的話，我完全可以理解為是他的極度失望或者惱羞成怒。只不過他非常沉穩，而且城府極深，所以才能夠在和我說那樣話的時候顯得如此的平淡。

從林易告訴我的情況來看，他肯定是已經拒絕了章的要求。他肯定會拒絕的，於情於理都會拒絕。陳圓是施燕妮的女兒，也可是說是他的女兒，他不可能答應對方的那個請求，而且以林易的資產，他根本就不可能為了今後的專案去做出這樣讓別人背後戳脊樑骨的事情來。

「你在辦公室嗎？我馬上過來。」我即刻對林易說。我不想在電話上和他繼續談這件事情，因為電話上根本就無法說清楚許多的事情，而且這是一件大事。

「你來吧。」他說，隨即掛斷了電話。

在去往林易辦公室的路上，我心裏很忐忑，因為畢竟他已經知道了我和章詩語的那種關係，這件事情讓我感到內心忐忑和無地自容。

我不知道施燕妮知不知道這件事情，更不知道林易心裏是如何看待這件事情的。但是我必須馬上去他那裏，因為我感覺到接下來的事是我自己無法處理的。

現在的我已經和以前不同了，因為我在經濟上已經對林易產生了依賴。要知道，我的專案裏有著林易的大筆資金。此外，我還是章的下屬。現在我夾在這兩個人中間，搞不好的話就會出現身敗名裂的境地。況且，我已經把父親也拉了進來。

所以，我覺得自己現在必須做的一件事情就是去面對，而且無條件地聽從林易的建議或者安排。

今天沒有見到上官琴。我估計是林易有意讓她不要出現，因為今天我們要談的畢竟是家事，是涉及到我個人的隱私。

一進門，林易就問我：「馮笑，你說，現在你們章校長會是一種什麼樣的心情？」

「那還用說？肯定很惱怒、很生氣，但是又無可奈何啦。」我苦笑著道。

「你說說，你到北京後怎麼和章詩語談的？」他問我道。

於是我原原本本地把自己和章詩語的談話內容對他講述了一遍，隨後說道：「沒辦法，她鐵了心了。」

他點頭，「其實現在就是你答應娶她，她也不會回頭了。可能最開始她的目的是為了報復她父親，但是現在她可能已經沉浸在出名的喜悅之中了。她還很小，根本就不知道其中的險惡。哎！這個章詩語，年紀輕輕的去做這樣的事情，今後她這一輩子可是完了。」

我倒是不同意他的這個看法，「萬一她真的紅了呢？即使沒有被炒紅，也不至於影響到她今後去做其他的事情吧？比如她自己搞一個公司什麼的。」

他搖頭道：「馮笑，你不知道有時候社會輿論可是會殺人的。她那麼年輕的一個女孩子，能夠經受得起那樣的輿論壓力嗎？」

我頓時覺得難受起來，要知道，畢竟章詩語和我有過那樣的關係啊！

他看著我，彷彿知道我內心正在想什麼似的，「馮笑，你現在唯一能夠做的事情就是等。除此之外沒有其他任何的辦法。」

「什麼意思？」我問道。現在，我已經不再惶恐和尷尬了，因為我們的談話已經變成朋友之間的交流了。

「你現在只有等待，等到章詩語人生最低落的時候你即刻去幫助她，這樣才可以讓她不至於走上絕路。現在……哎！她現在已經沉迷於出名與報復裏去了，任何人都不可能讓她回頭啦。」他歎息著搖頭。

我默默無語，一會兒後才歎息著說道：「也許只有這樣了。其實我們每個人的路都是自己走的，任何人都不能責怪他人。今後如果能夠拉她一把，也算是盡了作為朋友的義務了。」

「你這話說得好。其實我們很多時候都是在盡朋友的義務，此外，我們還在盡自己的社會責任。你說我，掙了那麼多的錢，我自己花得完嗎？所以只有去多盡社會責任才會覺得有意義。哎！可是現在很多人不理解啊。沒辦法的事情。」他隨即也歎息著說道。

我有些詫異，「怎麼？聽你這麼說，好像有人在說你不好的話是吧？」

他搖頭苦笑道：「現在的人，不但仇官而且還仇富。仇官倒也罷了，因為現在的官員裏很多人確實有問題。但是仇富也要分情況啊是吧？你說我們江南集團，我們解決了那麼多人的就業問題，也做了那麼多的公益事業，但是還是有人在背後說閒話，更可氣的是，在那些說閒話的人裏還有一部分是官員。說實話，我覺得自己還是很講良心的，剛才我說了，我一個人需要花多少錢？一日三餐我能夠吃多少？晚上睡覺就那幾個平方，老婆還是原來的那個，連情婦都沒有一個，甚至連自己的孩子都沒有。你說，我掙那麼多錢幹什麼？

「其實以前我很多時候都在想這個問題：我掙那麼多錢幹什麼？還不如像有些人一樣，在銀行裏放著幾百萬，有洋房、豪車，然後出去周遊全世界，這樣不是更好嗎？可是後來我想明白了，其實我已經把江南集團的發展當成自己的事業了。我必須賺錢，必須為更多的人提供就業機會，必須為那些需要得到幫助的人提供機會。我覺得這才是自己覺得有意義的生活。所以啊，現在我的目的已經不再是純粹為了掙錢了，金錢對我來說已經僅僅是一個數字，一個概念罷了。自己健康地活著，做自己喜歡做的事情，這才是我追求的東西。」

「你說得真好。」我感慨道，忽然覺得自己的話不大對勁，急忙地又道：「你不僅僅是在說，而且還是在那樣去做。這才是你最高尚的地方。」

他頓時笑了起來，「我沒有你說的那麼高尚。其實我就是喜歡，喜歡去做那些自己喜歡的事情。比如我發現了一個專案，覺得它肯定會賺錢，於是不管再困難都會去想辦法拿到手並把它做好。這就好像吸毒的人見到了毒品一樣的克制不住自己，而且還可以從中得到很多的樂趣。這才是最根本的原因。呵呵！再比如說我們上次提到的歌劇院的那個專案，我現在就很感興趣，而且下面的工作也操作得差不多了。對了，現在你正好回來了，黃省長那裏的事情還得你想辦法去溝通一下。」

「好，我明天就與康得茂聯繫。我正要找他呢。」我點頭說。

「你還有其他的事情找他？」他問我道。

我點頭，「是啊，我家鄉的那個專案現在出現了資金困難，我想把省建行的林行長請出來吃頓飯。到時候得康得茂作陪才行。」

「你和林行長已經很熟了？」他詫異地問我道。

我點頭，「我們見過幾次面了，也一起吃過一頓飯，目前關係看來還不錯。」

他看著我，雙眼灼灼的，「馮笑，這個林行長可不是那麼容易打交道的女人啊。我曾經和她接觸過多次，但是這個人很麻煩，因為她不貪。而且這個小女人特別講原則。你和她接觸過了，你說說，她給你的印象是不是這樣的？」

我搖頭道：「具體的我還不是特別的瞭解。不過從我和她接觸的情況來看，她好像不是那麼難打交道的啊。上次我為了一個朋友貸款的事情去找她，結果她很爽快地就答應了。也許她是看在康得茂的面子上才那樣的吧？」

「也許，但是也不一定。馮笑，你這個人有個長處，就是你很有人格魅力，可能你自己還沒有發現自己的這個優點呢。馮笑，我給你講，你一定要把那位林行長的關係處理好，不管花費多大的代價都要把這個關係拉近。我歌劇院的那個專案需要大量的資金，今後非常需要這樣的關係。一個專案的成功與否，與今後的融資管道是否暢通有著非常大的關係。」他說，神情顯得有些激動。

「我儘量。」我說。

「不是儘量，是必須。」他嚴肅地道，「最近我還正在為今後融資的事情傷腦筋呢。以前我很少去融資，但是近幾年公司規模不斷擴大，戰線拉得太長，資金的困難就逐漸顯示出來了。而目前上市的機會又不成熟，所以融資管道的事情就顯得越發的重要了。馮笑，你那個專案的資金很緊張我是知道的，我看這樣，我馬上讓財務給你的私人帳戶上打兩百萬，這筆錢主要就用於你去與銀行方面交流的費用。你看怎麼樣？夠不夠了？」

「不用，我就請她吃頓飯，花不了多少錢的。」我說。

「吃飯只能聯絡感情，真正要把她捆綁在一起，是必須要投入的。你明白嗎？」他搖頭說道。

「不一定吧？既然她那麼廉潔，我看就更沒有必要去做那些事了。搞不好會適得其反的。」我說。

「有道理。」他點頭道，「這樣吧，我還是把錢打到你銀行卡上，萬一需要的話你也好處理。這叫有備無患。」

「那算是我借你的吧。」我笑著說道，也算是答應了。

他瞪了我一眼，「我們是一家人，你說什麼借不借的？」

我不好意思地笑了起來。

「今天就這樣吧。你還沒有回家是吧？那你回家去吃飯，我今天晚上有個安排。」他隨即說道。

我即刻站了起來，可是他卻即刻做了個讓我坐下的手勢，「你等等，還有一件事情。」

於是我又坐了下去，然後看著他。

「最近如果你們章校長找你的話你儘量躲，如果實在躲不掉的話，在回答他問題的時候一定要謹慎。他最近好像不大正常。」他說。

「怎麼不正常？」我詫異地問，隨即又苦笑道：「肯定是躲不掉的，總不可能他讓我去他那裏我不去吧？你是知道這個人的，假如我說自己馬上要做手術的話，他肯定會讓我手術完了再去的。躲得過一時也躲不過一輩子啊。」

他點頭，「確實是這樣。最近我聽說他很反常，據說他在學校裏經常給各個部門的人作報告，經常召集開會，還在全校範圍內進行崗位的調整。反正就是在折騰。」

我很驚訝，「什麼時候的事情？他不是到北京去了嗎？」

「他是去北京了，不過當天晚上就坐飛機回來了。就是在最近，在他去北京之前，回來後一樣。你不知道也很正常，因為他現在調整的是學校那邊各個處室的崗位。其實他女兒的事情很多人都知道了，但是他本人好像沒事人一樣的，依然強勢，而且瞎折騰。現在已經有很多人去告他了。」他說。

「我確實不大去關心學校那邊的事情。不過他這樣做也很理解，畢竟他心裏不愉快，他不去折騰他下面的幹部又去折騰誰呢？我看啊，他這樣幹的話，校長的位置可能會很危險的。」我苦笑著說。

林易笑道：「不會有什麼危險。至少在這件事情上他不會有任何的危險。因為凡是強勢的人都是這樣，他們總是會說，幹部必須挪動位置，一個人在某個崗位上待久了後腦袋會生銹，只有挪動一下才可以促使他們去學習新的動向，整個單位才會有活力。所以，上級組織部門是不會因此說什麼的，因為這樣的做法在官場上很普遍。你說，哪一個領導在剛剛上台的時候不這樣折騰一番？其實這種折騰也是為了立威，為了讓下面的人有危機感。不過你說得對，他這樣做的原因更多的可能是他心裏不愉快，不過這就更需要引起你的注意了，因為對於一個心情不好的領導來講，他出牌的時候往往是不按規則的，所以我才提醒你一定要注意。更何況，呵呵，更何況你和他女兒的事情……你明白我的意思吧？」

我不禁汗顏，嘴裏嘀咕了一聲：「隨便吧。」

「總之，他最近很危險。你自己慢慢體會吧。」他說。

我這個人比較懶，對那些想不明白的問題一律採取一種方式：不再去想。何必呢？不懂就算了，反正又不是醫學上面的東西。我這樣對自己說。

所以，我覺得自己與林易最大的區別就在於：他追求深邃的思想，為了某件事情的成功，可以不惜一切地去努力。他還很克制自己，即使是自己喜歡的女人也願意為了某種原因而放棄。他的這一切我都做不到。所以他才會如此的成功。但是我雖然敬佩他，卻不贊同他的這種生活方式。我覺得他太累了。

在計程車上時，我一直在想今天林易對我說過的那些話，由此就想到章詩語的事情上面去了。而林易的那句話就即刻從我的腦海裏冒了出來——「你現在只有等待，等到章詩語人生最低落的時候，你即刻去幫助她，這樣才可以讓她不至於走上絕路……她現在已經沉迷於出名與報復裏去了，任何人都不可能讓她回頭啦。」

不，不會這樣的。我對自己說道。

忽然想起一件事情來，即刻給孫露露撥打電話。因為我忽然想起孫露露曾經對章詩語有過評價，於是我就想，既然她曾經那樣評價過她，而且從現在的情況來看她當時的預測是完全正確的，也許她可能會有辦法去讓章詩語回頭。

「我回來了。」我對她說。

「這麼快啊？我後天回來。」她說，「上官在我這裏，林老闆派她來的。」

我很是詫異，「剛才我才從我岳父那裏出來，他沒告訴我啊？」

「這是小事情。上官是我邀請她下來的，當然是經過林老闆同意的。現在我才發現在專案操作的過程中有很多我不懂的東西，她這次下來可是幫我們解決了大問題了。特別是在土地價格、設計方案上面。」她說道，「先前我沒有告訴你這件事情，你不要責怪我啊。我是想到你在外地出差，而且我不好意思告訴你我有很多問題不懂。畢竟你給了我那麼高的年薪，我自己怪不好意思的。」

我頓時笑了起來，「那你現在怎麼覺得好意思了？」

「很簡單，我現在認識到自己的錯誤了啊。我覺得還是不該瞞著你的好。嘻嘻！反正你已經答應了給我那麼多錢了，我這樣一想就不擔心了。」她笑道。

我大笑。

「你打電話給我，不會就為了要告訴我你已經回來的消息吧？你是老闆呢，不需要向我彙報的。」她在電話裏「嘻嘻」地笑。

我估計她今天的心情肯定很愉快，不然的話她是不會和我這樣開玩笑的。不過我喜歡她這樣，因為她愉快的心情已經傳染給了我。我笑著說：「我向你彙報彙報也是可以的。不過你還真聰明，我確實有事情想問問你。」

於是我就把章詩語的事情告訴了她，隨後我問她道：「現在看來，你當時的話是對的，露露，你還真是個小半仙呢。呵呵！你當初預言得那麼準，我想那是因為你非常瞭解娛樂圈，而且也瞭解章詩語的性格。所以我就想問問你，在現在這樣的情況下有沒有什麼好的辦法，因為我很擔心她這樣下去今後會出大問題的。」

「現在唯一的辦法是去找到章詩語的媽媽。你說呢？」她過了一會兒後才這樣對我說道。

我如夢初醒，「對呀，我怎麼沒想到？」

「馮大哥，你也太多情了吧？」她在電話裏不住地笑。

「別開這樣的玩笑！」我說，有些氣急敗壞，即刻壓斷了電話。

隨即我卻為難了：如何才能夠找到章詩語的媽媽呢？

最簡單的方式是去問章詩語本人，但是我覺得這樣不大好，因為我現在實在不想和她再聯繫了，而且也不想讓她提前知道我的意圖。還有一種方式，那就是去問章校長。可是……

林易今天特別告訴了我，如果章校長要找我的話，最好是能夠躲開，但是現在我卻準備主動去找他，這不是送貨上門嗎？呸呸！我才不是貨呢！我在心裏責怪自己的這個比喻。不過，現在看來還就只有這一條路了。

不，還有一個辦法。童瑤。對，我可以通過童瑤幫我查到章詩語母親目前的住址！

第九章

解鈴還需繫鈴人

我這才發現自己犯了一個根本就不該犯的錯誤，
因為章詩語的母親應該也非常痛恨她曾經的丈夫，
所以很可能就會恨屋及烏地連同我一併恨上了。
所以我根本就不該那樣介紹自己。我心裏頓時大急，
「我真的有非常重要的事情，麻煩你告訴她一下。」

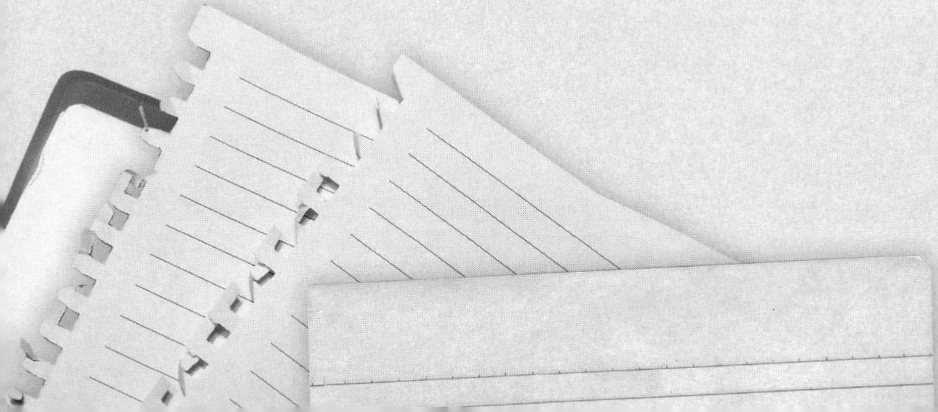

在我打給童瑤沒多久，童瑤很快就將所查資料發了簡訊給我，我開車前往童瑤告訴我的那個地方。一路上都在想：也許這真的是能夠挽救章詩語唯一的辦法了。

我覺得孫露露的這個辦法應該是很有效的。章詩語痛恨的是她的父親，同情的卻是她的母親。所以，如果她母親能夠出面的話，這件事情應該就很有回轉的餘地了。解鈴還需繫鈴人，雖然事情是多年前章詩語的父親引起的，但是她母親應該也是同意了的啊？所以她也應該是繫鈴人之一。

到了那地方後，我才發現這裏竟然是一處高檔社區，這裏是我們省城價格最昂貴的幾個樓盤之一。章詩語的母親竟然是一個有錢人？我心裏頓時感到詫異了。

找到了具體的地址，這是一處聯排別墅。環境很不錯，四周花木蔥蔥的，雖然人工的痕跡很重，但是看上去還是讓人感到非常的清新悅目。

我去敲門，不多一會兒就有人將門打開了，我眼前出現的是一位中年婦女。不過她看上去不像是主人的模樣，因為我覺得她沒有我想像的那種氣質，而且容貌非常普通。

我想：按照章詩語的說法，當年她父親讓自己的老婆去陪衛生廳的那位領導才換來了副院長的位置，那就說明她母親應該是一位漂亮的女人。

要知道，漂亮的女人即使年齡大了之後，還是有著美麗的痕跡的。我是婦產科醫生，更應該很容易地就能夠發現那種痕跡的。很明顯，這個女人應該是這個家裏的保姆。

我直接問眼前的這個人章詩語母親的名字，問她是不是住在這裏。

她警惕地看著我，沒有回答。

「我是她女兒的朋友。有非常重要的事情要找她。」我說，隨即又說道：「我是醫科大學附屬醫院的醫生。」

「你等等，我去問問她是不是願意見你。」她說，隨即將門關上了。

我只好在外邊等待，不過我的心裏很高興：看來我找對了地方，而且自己剛才的判斷是正確的。

不一會兒剛才那個中年婦女出來了，她對我說：「她不想見你，請你離開吧。」

我這才發現自己犯了一個根本就不該犯的錯誤，因為章詩語的母親應該也非常痛恨她曾經的丈夫，所以很可能就會恨屋及烏地連同我一併恨上了。所以我根本就不該那樣介紹自己。我心裏頓時大急，「我真的有非常重要的事情，麻煩你告訴她一下。」

「她說了，不想見你。請你離開吧，不然的話，我可就要通知保安了。」我眼前的這個女人冷冷地道。

「我真的有急事。請你告訴她，她女兒章詩語要嫁給一個比她父親還大的男人，可能只有她這個當母親的才可以勸她改變主意。請你一定要告訴她。」我大聲地、焦急地道。

這時候，我忽然聽到裏面傳來了一個聲音，「你讓他進來吧。」

我大喜。

我耳朵裏聽到的那個聲音極其動聽，隨即眼前就出現了一位四十歲左右年紀的女人，她身穿淡黃色的毛衣，眉目如畫，看上去清麗難言。仔細一看之下才發現她眉梢眼角間隱露皺紋，我估計她的年齡應該在四十歲以上了。不過她的膚色極是白嫩，一雙水汪汪的眼睛也非常漂亮，便如要滴出水來似的。

現在我終於明白章詩語為什麼那麼漂亮了，因為她像極了她的母親。

現在，章詩語的母親正在看著我，神情冷冷的。

我發現漂亮的女人如果臉色冷冰冰的話，也是會讓人感到緊張的。現在的我就開始內心忐忑起來。

「康阿姨，我叫馮笑，是您女兒章詩語的朋友。我才從北京回來。」我一邊進屋一邊做自我介紹。童瑤告訴了我她的名字叫康之心。

她請我坐下，隨即吩咐那個給我開門的中年婦女給我泡茶。我發現她的這套房子很寬敞，而且裝修得很有風格。白色的基調，清新淡雅，屋子裏擺放了不少的綠色植物，靠窗處有一架白色的大鋼琴，是那種表演用的鋼琴，以前我和陳圓去買鋼琴的時候見過這樣的，知道它的價格非常昂貴。不過我覺得這樣的鋼琴更具有裝飾性，擺放在家裏更像一樣漂亮的傢俱。

「你剛才怎麼說的？章詩語怎麼啦？」忽然聽到她在問我。我這才發現她的牙齒很整齊，雪白如玉般的漂亮。

「您不知道她目前的情況？」我問道。

她搖頭，用手去攏了一下頭髮。我發現她這個攏頭髮的動作也很優雅。說實話，我還從來沒有見過一位這麼大年齡的女人還能夠保持著這麼漂亮的外形與氣質，頓時竟然有些神不守舍起來，心裏不禁替章校長感到惋惜。

「您最近和她聯繫過嗎？」於是我又問道。

「我很多年沒和她聯繫過了。她根本就不認我這個當媽的。」她說，神情淒苦，不住搖頭歎息。

我不禁嗟訝，但是卻不好去問她為什麼，於是把我所瞭解到的關於章詩語所有的情況都告訴了她，隨後說道：「我來找您沒有別的什麼意思，只是覺得可能您去勸勸她的話應該有作用。」

她搖頭，「沒用的，她也恨我。」

「我不知道您當年為什麼要離開她，但是我想您總是她的母親，或許您說的話她會聽進去一部分的。她畢竟是您的女兒，在現在這種情況下，您總應該去試一下吧？您說呢？」我說道。

她沉默不語，一會兒後卻忽然地問我道：「你是她什麼人？為什麼這麼關心她？」

我頓時一怔，即刻回答道：「她從國外回來後想進入演藝圈，於是章校長委託我岳父去操辦這件事情，我岳父是江南集團的老闆。這件事情我是中間人，幫他們牽線搭橋的，因為那時候章校長還是我們醫院的院長。就是在這個過程中我認識了您的女兒。這次的事情出來後，章校長派我去北京勸說您的女兒，我今天才從北京回來，可惜我無功而返。」

「他自己為什麼不去？」她又問我道。

「他去了，估計也沒有任何的作用。現在報紙都登出來了。」我說。

「你怎麼知道我住這裏？是姓章的告訴你的吧？」她的神情忽然變得難看起

來。

我急忙地道：「不是的，是我通過一位朋友查到的。」

她看著我，眼神冰冷得可怕，「你什麼樣的朋友可以查到我的住處？我可不是三歲小孩，不要以為我這麼好騙。」

我不想把童瑤幫忙的事情說出來，因為她可是冒著風險給我幫的這個忙，不過康之心的懷疑也很正常，而且現在的情況已經讓她對我產生了敵意，「是我一位員警朋友，她是戶籍警。」

她一怔，隨即臉色頓時變得和悅起來，「這樣啊。對不起，我誤會你了。不過這件事情我可能也沒辦法。她雖然是我的女兒，但是她肯定不會聽我的。謝謝你馮醫生，謝謝你來告訴我這件事情，但是我沒辦法。孩子已經長大了，她的路得靠她自己去走，我只是生下了她，後來他們章家的事情就和我沒有任何的關係了。這件事情是她父親的責任。馮醫生，我不管你究竟是誰派來找我的，但是姓章的自己當年釀下的苦果現在就該他自己去承受，出了問題就來找我了？當初可是他自己要把孩子抱去撫養的……我不管，也管不了這件事情了。馮醫生，對不起，我心情不好，請你離開吧。」

她開始時候的臉色還很和藹，但是到後來越說越激動，直到最後竟然變得有些歇斯底里起來。

我歎息了一聲後隨即站了起來，「康阿姨，並沒有任何人派我來找您，章校長根本就不知道我今天要到您這裏來，我是從您女兒那裏知道您和章校長當年的事情的。我今天來完全是我個人的主意。不管怎麼說，章詩語也是您的女兒，是從您身上掉下來的肉，現在她出現了這樣的情況，今後很可能面臨她自己根本就無法承受的挫折，甚至還極有可能出現更糟糕的情況。我是想，與其眼睜睜地看著她今後可能會出現的危險，還不如現在就去制止她。康阿姨，您自己看著辦吧。作為章詩語的朋友，我能夠做到的也就只有這樣了。告辭了。」

她沒有叫住我。我歎息著出了她的家。

不過我還是有些不大甘心，在到車上後我又反轉了回去，敲門後將一張紙條交給了那位保姆，「麻煩你把這個給康阿姨，上面是她女兒的電話號碼。」

作為章詩語的朋友，我能夠做到的也就只有這樣了。我心裏再次想起了自己剛才對康之心說的那句話來。是的，我還能做什麼？

在回家的路上，我給康得茂打了個電話問他現在忙不忙，我說想和他談點事情。他告訴我說他現在正和黃省長在北京，要半個月後才回來。

我頓時著急起來，「那怎麼辦？我準備請林行長吃頓飯呢。我有事情想要麻煩她，我還說請你作陪呢。」

「是不是家鄉的那個專案出現了資金上的困難？」他問我道。

「是啊，很急的一件事情。」我說。

「這樣吧，我給她打個電話，然後你直接和她聯繫就是。你們已經很熟悉了，應該問題不大的。」他說。

「也只好這樣了。」我說，隨即想起另外一件事情來，「歌劇院和京劇團的那件事情，如果你方便的話跟黃省長講講，文化廳的報告已經交到你們省政府了。對了，還有上次我給你說的常姐那裏水泥廠的事情，最近怎麼樣了？」

「歌劇院的事情我已經跟黃省長講了，他說那件事情得分管文化的副省長在政府常務會上提出來研究後才能決定。馮笑，這是程序問題，不過這件事情的最終決定權是在省長手上，而且還需要經過省委常委會研究後才能最終決定。黃省長是常務副省長，也是省委常委，有一定的話語權，卻沒有最終的決定權。但是文化廳上交來的方案就顯得非常重要了，這一點你和你岳父好好再商量一下。」他說。

「我明白了，你的意思是說這件事情最終得省委書記決策。是吧？」我問道。

他笑著說：「在電話裏我只能這樣講。」

我頓時明白了，「好吧，我給我岳父講一下，讓他和文化廳的領導好好商量一下，儘量拿出一份具有說服力的資料出來。」

「聰明人一點就透啊。」他笑著說，隨即問我道：「水泥廠的事情不是已經解決了嗎？你不知道？」

「是嗎？我還真的不知道呢。謝謝你了啊。」我頓時高興起來，不過我心裏對孫露露有些不滿了，怎麼不告訴我呢？轉念一想頓時就明白了：可能她也不一定知道這件事情，畢竟時間很短，而且她最近太忙，可能與童陽西在一起的時間本來就很少。

「你和我這麼客氣幹什麼？」他不滿地道，「就這樣吧，我給林行長打了電話後再給你講情況。」

「別忙，你和丁香究竟什麼時候結婚啊？」我問道。我想：寧相如那裏的事情已經解決了，那麼他和丁香結婚的事情就應該順其自然了。

「你不問我這件事情，我還忘了對你講了。」馮笑，最近不知道是怎麼的，丁香忽然對我不冷不熱起來，我又忙，沒多少時間和她交流，很多事在電話上又說不清楚。所以我想，如果你有空的話，幫我去問問她好嗎？」他說道。

「怎麼搞的？」我詫異地道，忽然想起一件事情來，「是不是那天晚上寧相如對她說了什麼？那天她們兩個人在邊上嘀咕了那麼久，你知道的啊？」

「按照道理說，寧相如不會做出那種事情來的。我也不明白究竟是什麼地方出了問題。你幫我問問她，好嗎？」他說。

我當然只有答應。

隨後我就直接回了家，洗澡後就關掉了手機上床了。今天太累了，從北京回來後幾乎沒有一刻的時間休息。

第二天醒來，打開手機後，發現裏有康得茂發來的簡訊：搞什麼名堂？怎麼關機了？速回電話。

急忙給他撥打過去，他在電話裏不住叫苦，「馮笑，你搞什麼名堂嘛？昨天晚上你關機，今天這麼早就把我吵醒了。」

我不住地笑，「說吧，什麼事情？」

「你昨天晚上去找了丁香沒有？」他問我道。

我猛然地明白了：他是發現我關機後，可能開始懷疑我和丁香正在做不該做的事情。由此我想道：難道丁香也關機了？我頓時緊張起來，如果真的是那樣的話，我可說不清楚了。

「我昨天太累了。和你通電話後就直接回家睡覺了。因為擔心被電話打擾，所以就把手機給關掉了。我今天去找她吧，你別著急。」不過我覺得還是應該對他講清楚。

「這樣啊，我那麼著急，你卻跑回去睡覺了。你不夠朋友啊。」他說。

「得茂，你是不是懷疑我關機另有原因啊？是不是你給丁香打電話發現她也關機了，所以就懷疑我了？」我問道，覺得有些事情還是應該說清楚的好，我不希望我們之間有任何的誤會發生。

「沒有，你說什麼呢。」他說，「林行長那裏我已經給她講了，她還責怪你沒把她當朋友呢。」

雖然他不承認，但是我已經感覺到了他確實是懷疑我了，從他說話的語氣裏我就感覺到了。不過這樣也好，至少他現在已經不再懷疑了，他馬上轉移了話題就已經說明了這個問題。「畢竟我和她見面的次數不多啊，而且我的事情也算是小事。」我說。

「是啊，不過今後你就直接和她聯繫吧。馮笑，你傢伙運氣真好，我昨天晚上正在給她打電話的時候，黃省長就來了，我壓電話都沒來得及。你知道嗎？黃省長馬上就從我手上拿過電話去對林行長說了一句話。」他笑著說。

「什麼話？」我不但驚訝，而且還有些激動和興奮。

他說：「黃省長對林行長說，只要不違背原則，希望她靈活處理有些事情。這可是他的原話。這句話他並沒有提及你的名字，但是我相信林行長是聽懂了的。」

「就這麼一句話？」我問道。

「是，他說完後就掛斷了電話，然後就離開了。我在那裏愣了很久都沒反應過來呢。開始的時候我還擔心了很久，心裏有些害怕被他責怪。後來頓時想明白了，他這是在替你說話呢，領導都是這樣，有時候只需要一句話就夠了。有個笑話是怎麼說的？民國初期時候的名妓小鳳仙，如果跟了民工就屬於掃黃對象；她跟了蔡鍔，則千古留芳了；倘若她跟了孫中山，那便可能成為國母。此事的重要啟示就是，不在於你幹什麼，而看你是在跟誰幹。你看，我現在雖然只是一個小秘書，但是這個崗位很重要啊。你說是不是？」

我大笑，「是，你這個小鳳仙就好好幹吧。」

他也笑，「我自己把自己給說進去了，這個笑話不準確。我主要是說明一點，核心競爭力不是錢和房子，而是在關鍵的崗位必須得有自己的人。」

我再次大笑，「看來你這次去北京收穫不小啊。」

他笑著說：「也就是聽了些新笑話罷了。」隨後又說道：「後來我給你打電話，結果卻發現你關機了。馮笑，你這傢伙有時候很過分，我昨天晚上激動了一夜，又找不到地方發洩。這件事情你可要負責。」他批評我道。

「昨天我確實太疲倦了，連給我岳父的那個電話都沒有打。」我說，很歉意。

「你呀。」他說，「我再給你講個笑話，我這次到北京才聽到的。說女浴室起火，裏面的人亂作一團，赤裸著身體就往外跑，只見大街上白花花一大群，一老者大喊，快捂住！眾裸女突然醒悟，但身上要緊部位有三處，手忙腳亂捂不過來，不知所措。這時老者又大喊，捂臉就行，下面都一樣！哈哈！馮笑，這個笑話給了我們一個非常重要的啟示，那就是在特殊情況下抓工作不可能面面俱到，但是一定要抓住重點。你傢伙再忙也得抓住重點才是啊，你說是嗎？」

我又是大笑，「明白了，我今天一定去找丁香就是。」

但我覺得還是該先給林易打電話，那可是一個大專案，他昨天特地對我講過。

「康得茂陪黃省長在北京出差。」電話接通後，我對他說道，「他的意思是……」

「我明白了。也就是說，我們以前的方案黃省長覺得有問題，是這個意思吧？」我說了和康得茂通電話的內容後，他隨即問我道。

「我是這樣理解的。康得茂說，他在電話裏只能說到這個程度。」我說。

「那個方案確實簡單了些。我知道了，我馬上請專業的公司做一份報告出來。對了，他們什麼時候回江南？」他問我道。

「估計得半個月吧。」我說。

「十天左右的時間可能差不多了，到時候請康秘書先幫忙看看，免得他們回來後發現還有新的問題。」他說。

「這樣最好，到時候我給他發郵件。」我說道。

「你準備什麼時候去找林行長？」他又問。

「我爭取早點約到她。就最近幾天吧，等孫露露回來了再說。」我回答道。

「你一定要想辦法把你們的關係搞得更近一些，無論什麼方法都可以。這件事情非常重要。」他說。

這是他第二次對我講這件事情了。在以前，他很少像這樣重複同一件事情的。由此我知道了這件事情在他心裏的分量有多重了。

不過，他所說的「無論什麼方法都可以」這句話，卻讓我有了一種異樣的感覺，我心想：難道他的意思是讓我不擇手段？包括……

上午去到醫院給陳圓辦理好了出院手續，隨後特地去了一趟離退休處，主要是去告訴處長請他岳母從明天開始繼續到我家裏去上班的事情。

辦好了這一切事情後，忽然覺得應該去唐院長那裏一趟。

他正好在辦公室裏，現在他已經搬到章校長以前的辦公室裏去了。畢竟這間辦公室要大些，而且也顯示了不一樣的權力。我進去後發現他的臉色不大好，不過他看見我的時候還是很高興的，「回來了？」他問我道。

「嗯。昨天回來的，太累了，休息了一下。」我說。

「去北京做什麼？章校長怎麼派你去那地方？學校那邊的人很多的啊？」他問我道。

「沒什麼大事，就是幫他去開個會。」我說。

他頓時笑了起來，「你就別騙我了，我知道你去替他做什麼事情。不過我勸你啊，有些事情還是應該迴避一下的好，領導的事情知道得太多了對你沒多大的好處。我是你老師，這句話可是為了你好。」

我歎息，「我也是沒辦法啊。他已經叫了我去了，難道還能拒絕不成？」

「當下屬的和領導的關係搞得很近也不是不可以，但是你心裏一定要有所準備，你要知道，一旦你和領導的關係走得太近了，那麼未來就是一榮俱榮、一損俱損的關係了。我的意思你明白嗎？」他說，很嚴肅的樣子，語氣也是語重心長的。

我還真不是很明白，「您的意思是？」

「你這麼聰明的人怎麼不明白啊？現在有的人做事情一點不考慮後果，隨心所欲地任免幹部，我很擔心今後……小馮，有些話我只能點到為止，你是聰明人，應該明白我的意思。」他說。

這下我頓時明白了，「唐老師，謝謝您的提醒。不過我和他之間並沒有什麼特別的關係的。」

他擺手道：「我今天什麼話都沒有講啊。」

我急忙點頭笑道：「是，我知道。對了唐院長，您最近有空嗎？我想請您吃頓飯，慶賀一下您的高升。」

「你安排時間吧，不過最好是提前一天通知我。」他說。

「行。」我說，正準備向他告辭，卻聽見他在說道：「小馮，你和王鑫很熟悉是吧？」

「是啊，以前我們一起住單身宿舍。」我回答說。

他又問我道：「你覺得這個人怎麼樣？」

我這才發現還很不好去評價這個人了，特別是在他的面前，於是含糊地說道：「其實我對他也不是很瞭解。不過聽說那個專案被他搞得還不錯。」

他冷哼了一聲，「什麼不錯？我都聽小孜說了，這個人根本就沒什麼能力，純粹就是一個馬屁精，在領導面前點頭哈腰，在下屬面前卻滿嘴的官腔。」

我不好多說什麼，不過我有些好奇，「唐老師，您怎麼忽然問起他來了？」

「他馬上要當我們醫院的副院長了，你知道嗎？」他說。

我大吃了一驚，「真的？他？副院長？」

他苦笑道：「就是啊，我也不知道老章是怎麼想的。哎！還是接替我分管後勤。你說，今後我們醫院的後勤工作怎麼跟得上去啊？小馮啊，其實我覺得你倒是蠻合適的，你怎麼就不去爭取一下啊？你有那麼好的人脈關係在，這件事情對你來講不算很難吧？」

「我覺得自己不夠格，而且我也不想搞行政。」我說。其實他不知道，現在我的心裏還是有一種酸酸的感覺。我想不到王鑫那樣的人竟然都可以當副院長，自以為隨便哪個方面我都應該比他強。

「也罷，人各有志。」他依然在歎息。

從唐院長辦公室出來後，我心裏依然不舒服，還是因為王鑫當副院長的事情。準確地講，是我心裏覺得不平衡了。隨即又覺得自己很好笑：你和他較什麼真啊？他值得你去嫉妒嗎？

第十章

不夜城的落寞

沒有夢的城市是現實的，太現實的城市則讓人寂寞。
我看不透這座城市，她太美麗，太繁華，也有太多偽裝。
我不知道在這不夜的城市裏，
是否有人和我一樣，在繁華裏落寞。

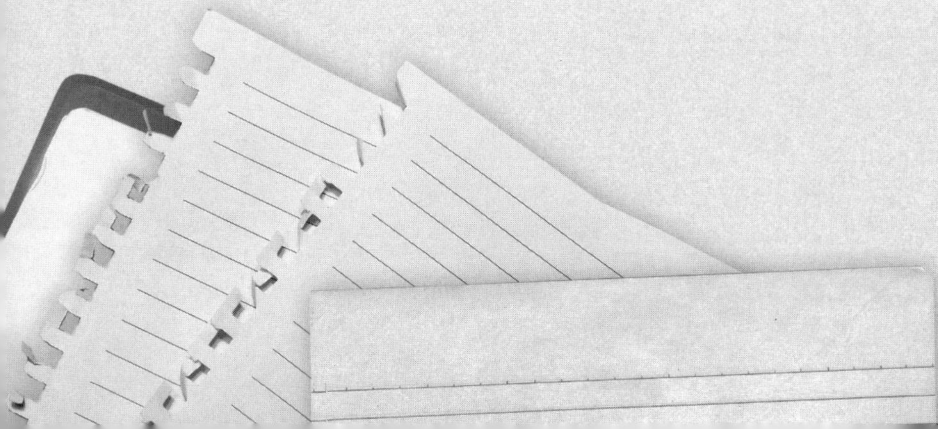

上午把陳圓接回了家，第一件事情就是用熱水給她揩拭了身體，還給她洗了頭，然後用吹風機將她的頭髮吹乾。她越發瘦了，幾乎沒有了以前的模樣，身上也已是皮包骨頭。我心裏很難受，忍了很久才沒有哭出聲來，不過眼淚一直在掉落。

給她穿好衣服後，才把孩子抱進屋讓他看自己的媽媽，孩子在看到她的第一眼就大聲哭了起來。我估計孩子是被陳圓現在的模樣嚇住了。

保姆進來將孩子抱走了，她看著陳圓的樣子也不住流淚，「小姐怎麼就變成這個樣子了呢？以前多漂亮的一個人啊？」

我感覺到，如果繼續這樣下去的話，陳圓的生命是維持不了多久的。想到這一點，心裏的悲愴頓時湧了上來，再也忍不住地失聲痛哭了起來。

一直到下午才給丁香打電話。因為我的心情已經平靜了下來，我對自己說：有些事情只能認命。

電話接通後，我第一句話就問丁香道：「昨天晚上你幹嘛關機呢？」

我很想驗證自己的那個猜測。

「昨天晚上我去游泳了，手機不小心掉到了水裏，今天才換了個新手機。怎麼？你找我有事情？」她問我道。

果然如此，我心裏想道。看來康得茂還真的是懷疑我了。不過我並不責怪他，因為丁香畢竟認識我在前，而且康得茂又是那麼的瞭解我，他知道我和很多女人的關係，所以他懷疑也是正常的。不過我還是覺得心裏有一點不大舒服，因為他的懷疑至少代表著對我的一種不信任。

「很久不見你了，想和你聊聊。你什麼時候有空啊？」我問道。

「你請我吃飯？」她問我道，隨即輕笑。

「沒問題。」我說，「說吧，你想吃什麼？」

「你帶寧總來嗎？」她問。

「寧總？」我一時間沒反應過來，「哦，我帶她來幹嘛？就我們兩個人。」

「你不擔心得茂吃醋啊？」她笑著問我道。

我大笑，「倒也是啊，那怎麼辦呢？」

「沒事，他不在江南，他去北京了。」她笑著說。

「是吧？那就更不好了。我怎麼覺得我們像偷偷摸摸的呢？」我說。

「馮笑，你討厭！誰和你偷偷摸摸的啊？」她的聲音很嬌嗔。

我覺得自己的這個玩笑開得有些大了，「丁香，你和得茂究竟準備什麼時候結婚啊？」

「他整天都在忙，我連見他一面都很困難了。馮笑，你說我和他結婚後，會幸福嗎？」她問我道。

原來她擔心的是這個問題，我頓時替康得茂鬆了一口氣，「丁香啊，他現在是省領導的秘書，時間根本就不是他自己的，你得理解他。但是他不可能一輩子都當秘書的是不是？一般來講，像他那樣的秘書很快就會派到下面去任實職的，也許就在兩三年之後吧。那時候他就自由了，因為那時候他就是領導了，是他安排人，時間就可以自己支配了。所以，現在是他最關鍵的時候，你更應該理解他才是。你說是嗎？」

「是，不過我是女人，總是希望他能夠多陪陪我的。哎！我怎麼會喜歡上他呢？」她歎息道。

「對了，我問你一件事情。那天我們在吃飯之前，寧相如和你說了些什麼事情啊？」我問道。

「她說……喂！馮笑，晚上你請我吃什麼？」她問道。

「我不是說了嗎？你想吃什麼都可以。你先回答我剛才那個問題。」我說。

「我們女人之間的事情，你問那麼多幹嘛？」她不滿地道。

「我好奇而已。」我笑道。

「就是我們女人之間的事情，我不告訴你。」她也笑。

我苦笑，「算了，你不說算了。」

「你來接我嗎？」她卻在問我晚上吃飯的事情。

我頓時大笑起來，說道：「算了，剛才我想了，還是不要和你在一起的好，免得康得茂吃醋。這樣吧，等得茂從北京回來後再說，到時候我們三個人一起吃頓飯。」

「馮笑，你！」她氣急敗壞。

「我和得茂是哥兒們，我可不希望他誤會。就這樣吧，我還有事情。拜拜！」我說，即刻掛斷了電話。腦子裏頓時浮現出她可能正在生氣的樣子，不禁大笑了起來。

即刻給康得茂打電話，「我剛才給丁香打電話了，她說主要是你陪她的時間少了。你呀，怎麼連她的心思都不知道呢?這樣可不行，你今後一定要注意。」

隨即，我把剛才和丁香的談話內容都告訴了他，不過我沒有說丁香昨天晚上關機的原因。有些事情在自己心裏知道了就可以了，不需要多說的。我可不希望越描越黑。

「太好了。馮笑，你真是我的好哥兒們。看來我得向你多學習才是啊，對女人我還真的搞不大懂。」他說。

「我也不懂的，你千萬別向我學這方面的。」我說。

「現在我明白了，在女人的問題上一定要活到老學到老才行。不過我也沒辦法，幸虧你幫我解釋了。」他笑著說。

「還有一件事情。剛才我問她那天晚上和寧相如說了些什麼，她回答說是她們女人之間的事情。得茂你說，那天她們倆是第一次見面，有什麼女人之間的事情要說啊？」我又說道。

「你是婦產科醫生，你分析分析？」他卻一下子又把皮球踢到我這裏來了。

我哭笑不得，「我是研究婦科疾病的，對女性的心理卻不大懂。只要知道她並沒有懷疑到你和寧相如的事情就好。」

「是啊，只要不是那樣就好，她們女人之間的事情我們就不要管了吧？」他也這樣說。

「什麼我們啊？是你，是你不要管了好不好？」我說道。

「你和寧相如沒勾搭上？」他問我道。

「得茂，這樣的玩笑你不要亂開好不好？」我說，覺得他的這句話很過分了。

「我開玩笑的，你別生氣啊。謝謝你了，這下我可就放心啦。我回來後一起喝酒，就這樣了啊？」他急忙地道。

不知道是怎麼的，我總覺得現在康得茂好像與他以前不大一樣了，但是又說不出來具體的有什麼不一樣。

保姆見我在家，所以做了不少的菜。我剛剛坐上桌就接到了余敏的電話，「你回來啦？」

「你才知道啊？」我笑著問她道，心想：我才不相信你不知道劉夢陪我去了北京呢。

「劉夢才給我講的。她也是後來才告訴我要和你一起去北京的。我怕你批評我，所以就沒敢來問你。」她說。

「別說這個了。我最近準備請唐院長一起吃頓飯，你看安排在什麼時間好？」我說。因為我看見保姆出來了，所以不想再說前面的那件事情。

「明天吧，可以嗎？」她問我道。

「我問了唐院長再說吧。其實我也只有明天才有空，不然的話就得下周了。」我說，心裏忽然有了一個感覺：她打這個電話的目的或許就是為了這件事情。因為我從北京回來之前就給劉夢講過這件事情，所以余敏很可能是準備來提醒我一下。

「嗯。」她說，「不過我不能參加了。我有孩子了，不能喝酒。所以我來了後擔心反而會讓場面尷尬。你說呢？」

聽她這樣一說，我的心裏頓時升起一股柔情來，「好吧，劉夢來是一樣的。有我在，沒事。不過這次我只是把你們公司介紹給唐院長，具體的事情最好不要多說，免得會讓唐院長覺得你們太現實了。」

「嗯，我給劉夢說說。」她說道。

「你吃飯了嗎？」我問道。

「正準備吃呢。好了，不說了，他馬上出來了。」她隨即說道，電話即刻就被她掛斷了。

我頓時怔住了，一會兒後才反應過來她說的那個「他」是誰。

隨即給唐院長發了一則簡訊：明天晚上您有空嗎？

不一會兒我就接到了他的回覆了：行。

就這一個字。而且，我發現回覆的電話號碼竟然是唐孜的。她和她叔叔在一起？我似乎明白了是怎麼回事：據說現在很多年紀稍大的人都不會使用手機的簡訊功能，估計唐院長也是這樣。

我的內心忽然有了一種莫名其妙的激動，差點克制不住自己馬上給唐孜回覆一個簡訊過去，因為我忽然想到：或許她也正希望我給她回覆呢。

可是我不敢。

第二天下午下班的時候，我給唐院長打了電話，我說我在車上等他。一會兒後他就來了，讓我想不到的是他的身後竟然跟著唐孜。

「馮主任，你不歡迎我嗎？」見我怔怔的樣子，唐孜笑吟吟地問我道。

我這才清醒過來，急忙地道：「歡迎，當然歡迎了。」

晚上吃飯的地方是劉夢安排的，我特意吩咐她不要安排到什麼五星級酒店裏去。因為我覺得唐院長不是什麼外人，而且地方安排得太好雖然可以顯示出公司的實力，但是從另外一方面講卻又不值得讓人同情了。

所以劉夢在我的指示下，安排了一處環境不錯的特色酒樓。

到了那裏後我發現還不錯，雅間顯得比較素淨，大大的落地窗外面是夜色中的江景。今天劉夢刻意地打扮了一下，看上去明眸皓齒，美豔非凡。

我即刻把唐院長和唐孜介紹給了她。

劉夢今天的表現也很不錯，我覺得她這一點比余敏優秀，因為她顯得很是落落大方的樣子，而且還總是歪著頭俏皮地笑，這讓今天的氣氛一點都不顯得尷尬。

今天晚上，我一直感覺到唐孜看我的眼神和以前完全不一樣了，她給我的每一眼都讓我感覺到了一種含情脈脈。我很喜歡這樣的感覺，她的眼神讓我全身暖融融的很是舒服。

我們四個人喝了兩瓶汾酒。當第二瓶喝完的時候，唐院長就說不要喝了，「明天還有事情，我喝酒是第二天醉。」他說。

我也沒有勸他，於是暗地裏給了劉夢一個眼神，意思是讓她趕快去結賬。她很聰明，馬上就懂了我的意思，隨即站起來朝外面走去。

「小馮。」唐院長對我說，「我看這個小劉還不錯，我以前說過的話一定會照辦的。我們倆什麼關係啊是不是？」

他的話讓我心裏一沉：他為什麼說劉夢不錯？難道他……不會吧？唐孜在這裏呢。我急忙地道：「謝謝您，唐老師。」

「小馮，我很信任你的。所以，我想趁這個機會給你講一下小孜的事情。」他隨即又說道。

聽他這麼一說，我的心裏頓時慌亂了起來：難道他什麼都知道了？

他繼續在說，「小孜這孩子很懂事，不過她選錯了結婚對象。」

唐孜即刻地叫了一聲，「叔叔！」

唐院長朝她擺手，隨後繼續地道：「你不要以為我不知道他賭博的事情，我其實是知道的。可惜的是我知道得晚了些。哎！小孜啊，你是女孩子，女孩子必須做到自強、自立，千萬不要把自己的命運寄託在了某個男人身上。而且他根本就不值得你那樣。我給你講，自強、自立最重要，明白嗎？」

我頓時感覺到他好像已經醉了。

「叔叔，您別說這件事情了好不好？」唐孜滿臉通紅。

唐院長來看我，「小馮，你放心，小劉公司的事情我會關照的。小孜現在最需要錢，所以……」

他說到這裏後，頓時就不再往下說了。

我恍然大悟，急忙地道：「您放心，我知道該怎麼做了。百分之三十的乾股，您看可以嗎？」

「叔叔，您別……」唐孜在旁邊尷尬地道。

我也朝她擺手，「小唐，你別管，這件事情我會處理好的。不需要你具體做什麼事情，到時候只需要你在股權證明上簽字就可以了。」

唐院長卻在搖頭，「不，我信任你。別讓她在任何文件上簽字。你明白我的意思嗎？」

我一怔，即刻就明白了：他這是擔心今後出事情，搞不好會牽連到他身上去。

「我明白了。唐老師，您放心好了，有我在，完全可以保證小唐的利益的。」

「最近我準備把各個科室的大型設備收歸醫院進行統一管理，然後再購買一些新型設備。小馮啊，你可要支持我的工作哦？」他隨即說道。

我心裏暗歎：這一天終於來了。

「我一定支持。」我說，這個態是必須要表的。其實我也知道，對於他來講，我表不表態都沒有用處，因為他已經決定了的事情肯定會施行下去的，畢竟他現在是院長了。所以，我根本就沒有必要採用抵制的策略。何況我早就預見了這一天的到來。

這時候劉夢進來了，於是我去看唐院長，「您看……」

他即刻站了起來，「走吧。」

我對劉夢說道：「你找個茶樓等我一下，我去送送唐院長他們後就回來。我有事情要對你講。」

這句話我是專門說給唐院長聽的，我給他的資訊非常明確，是有事情要對劉夢講，而不是商量。

在車上的時候唐院長不住地表揚我，同時也在歎息，說道：「小馮啊，要是你能夠代替王鑫當副院長的話就好了，我們兩個人聯手，醫院裏的事就沒有幹不好的。」

我笑著說：「王鑫這個人我還是瞭解的，他的優點就是很聽話。」

他搖頭道：「難說啊，畢竟他是老章的人啊。」

我說：「不一定，據我對他的瞭解，他這個人還有一個優點，那就是很會適應任何一位新的領導。唯領導是從才是他的處事原則。」

「但願如此。」他歎息道。

將唐院長送到他家的樓下後，唐孜卻沒有下車，「麻煩你把我也送回家。」她對我說。

「辛苦你了，小馮。」唐院長微笑著對我說道。

「沒事。」我急忙地道。隨後目送著他上樓後才返回到車裏。

「馮笑，那位美女在等你呢，你不擔心她等你等久了啊？」將車開出社區後，唐孜問我道。

「沒事，反正還早。一會兒我去把你叔叔對我說的那件事情給她講一下。主要是這些事情不能在電話上講，電話很不安全。」我說。

「我想不到叔叔會對你有那樣的要求。」她低聲地道。

「他是為了你好，我覺得很應該。」我說道。這是我的真心話。

她沒有再說什麼，一會兒後才輕聲地問我道：「馮笑，你最近想我了嗎？」

說實話，我還真沒有想過她，也許是不敢，或是覺得想也沒用。

「唐孜，我們最好不要像以前那樣了。畢竟你已經結婚，而且你叔叔的事我已經替你辦好了。」

「你還給了我錢。馮笑，我覺得自己欠你的太多了。」她說。

「不要這樣說啊，你並不欠我什麼。其實在我的心裏你已經是我的女人了，這就可以了，你覺得呢？」我柔聲地說道，「所以，今後你如果遇到有任何的困難都可以找我的。唐孜，我說的是真心話。」

「我知道的。」她依然輕聲在說。

「早點回去休息吧。你叔叔的這個安排很好，考慮得也比較周詳。我想，今後你的生活會很快好起來的。」我說。

「今後有錢了又怎麼樣？」她淡淡地道。

「怎麼？他還在賭博？」我心裏頓時一沉。

她不說話。

「你叔叔是怎麼知道他賭博的事情的？」我又問道。

「肯定是那個人告訴他的。」他說。我頓時明白了：她說的是她男人的那個所謂的朋友。

我歎息道：「唐孜，我還是那句話，實在不行就離了吧。今天你叔叔的話也說得夠明白的了。既然他都是這個意見了，你還怕什麼呢？」

「我不敢。」她說，「他說了，如果我要和他離婚的話，他就會殺了我然後去自殺。」

我頓時大怒，「這不是無賴嗎?!」

「這都是命。」她說，聲音淒苦。

「唐孜，我會替你想辦法的。你千萬不要著急。」我說，「上次聽你說他打你，我就知道這個男人不是什麼好東西。打女人的男人都是垃圾！」

「謝謝你。」她低聲地道，「馮笑，我今天晚上真不想回家。」

「那你怎麼不在你叔叔家裏住啊？」我問道。

「他每天半夜要回來的，如果看不到我的話他會打我。」她低聲地說。

「你叔叔知道他打你的事情嗎？」我心裏頓時感到一陣疼痛。

「不知道。我不敢告訴他，我不想讓他過於擔心我。」她說。

我在心裏歎息，我想不到她竟然過著這樣一種生活。不過我並不覺得這就是什麼命。

她在她住家的樓下下了車，我看著她進入到那棟樓裏，車燈下的她顯得是那麼的單薄。我歎息著將車調頭。

劉夢沒有在茶樓裏等我，而是在一家賓館的房間裏。酒後的我並沒有責怪她的這個安排，反而心裏還有些心情激盪。

我到了房間的時候她已經洗好了澡，正半臥著在看電視。雪白的雙肩、還有她胸前若隱若現的雙乳對我充滿著極大的誘惑。「去洗澡。」她對我說道，眼裏全是風情。

我朝她笑了笑，隨即脫掉衣服朝洗漱間走去。我並不著急去告訴她那件事情，因為我們今天晚上有的是時間。

酒店的熱水很充足，壓力也很大，這個澡我洗得暢快淋漓。在洗澡的過程中我一直在想著唐孜的事情。我能夠理解她不把自己的事情告訴她叔叔的苦衷，因為她有著一種自己男人改正的僥倖，而且很擔心自己的事情影響到唐院長。

怎麼辦呢？我心裏也很為難，因為我實在一時間找不到如何去幫助她的辦法。

「怎麼洗了這麼久？洗白了沒有？」我從洗手間出去後，劉夢笑著問我道，她的雙腿伸出了被子外面，雪白修長得直晃我的眼睛。

「你這是在勾引我啊。」我說，頓時吞咽了一口唾沫。

「我都躺在這裏了，還需要勾引你嗎？我們又不是第一次了。」她笑著說，迷離的雙眼散發出誘人的神采。

我去揭開了被子然後鑽了進去。她即刻來將我擁抱，隨後開始親吻我的臉頰。我急忙地道：「你別著急，我和你說一件事情。正事。」

她將臉靠在了我的胸膛上，手卻去到了我的胯間，我勃然而起，禁不住呻吟了一聲，「你，別這樣，我真的有正事對你講。」

她這才停止了動作，嘴裏在發出輕聲地笑。

我輕撫著她的秀髮，隨後滑到了她嬌嫩的臉上輕輕地撫摸，說道：

「劉夢，唐院長答應了今後一定關照你們公司的事情，很可能在最近就有幾筆大的訂單。」

「真的？太好了。」她即刻撐起了身來，雙眼驚喜地在看著我，「你別這樣激動嘛，躺下，聽我慢慢說完。」

她再次躺在了我的懷裏，「人家高興嘛。」

「我在你們公司有股份的，你知道嗎？」我隨即問她道。

「我當然知道啦。」她說，「怎麼？你擔心今後我們不分錢給你啊？」

我微微地搖頭道：「不是。今天唐院長提了一個要求，他希望他的侄女，也就是今天和我們一起吃飯的那個唐孜，要求讓她占百分之三十的乾股。」

「她百分之三十？那我們三個人豈不是每個人就只有百分之二十幾了？」她頓時又撐了起來，詫異地看著我問道。

「不是的。」我說，心裏有些不悅，「劉夢，你想過沒有？如果唐院長不幫你們的話，什麼股份都是假的？」

她頓時笑了起來，「這倒是，我太財迷了。」

我即刻改變了剛才對她的那種不好的看法了，因為她現在的樣子實在太可愛，隨即用手指去刮了一下她那漂亮的小鼻子，「你確實很財迷。」

她在我懷裏「吃吃」地笑。

我繼續說道：「我是這樣想的，我的股份不要了。你們三個人，小唐占百分之三十，你百分之三十，剩下的百分之四十是余敏的。你看這樣分配有意見嗎？」

「不行，你的股份必須要有。馮笑，我知道你不差錢，但是生意是生意，這是原則問題。」她即刻反對道。

我說：「這件事情就這麼定了。你不要再說了。畢竟余敏是這家公司的法人，而且她與我合作的時間要早一些，所以她占百分之四十也是應該的。你覺得呢？」

「我沒意見。」她說，「馮笑，那個小唐也是你的女人吧？」

「別胡說。」我急忙地道。

她頓時笑了起來，「我從她看你的眼神裏就知道了，你騙不了我。這下好了，我們三個女人都是你的，那我們還分什麼彼此呢？你說是不是？」

「劉夢，實話告訴你吧，余敏有了我的孩子。所以，那百分之十就相當於是我送給那孩子的。你不會再有意見了吧？」我想了想後說道。

我想到她已經和我是這樣的關係了，所以也就不再避諱她去談這件事情，更何況她和余敏還是好朋友。而且從剛才她的話裏，我已經感覺到她的不滿了，我可不希望因為股權的事情讓她和余敏產生矛盾。

「我沒意見啊？你誤會了我的意思了。我剛才的話是說……」她急忙地道，可是她的話還沒有說完就被我打斷了，「你沒意見就行。我相信余敏也不會有意見的。其實你們只需要想到一點就可以了，只要能夠賺錢，很多事情都可以靈活處理的。你說是不是？」

「嗯。」她說，「你說得對，賺到錢才是最重要的。」

「最近公司的資金緊張嗎？」我問她道。

「維持公司目前的運轉倒是沒問題。」她說。

「我覺得你們應該馬上去買輛車，這樣工作起來才方便，而且也才會有面子。

這樣吧，我先借點錢給你們，今後賺到錢後再還給我。」於是我又說道。

「太好了。」她大喜，隨即來親吻我，「馮笑，你怎麼這麼好呢？」

我心裏也很愉快和甜蜜，「說吧，想買什麼車？」

「別克吧，那是商務車。」她說。

我點頭，「這主意不錯。行，明天就去買。」

她開始來親吻我的唇，「馮笑，事情說完了沒有？」

我即刻翻身而起，猛然地把她壓在了身下，「你這個小妖精，看我怎麼收拾你！」

她驚叫一聲後，頓時就發出了一陣陣的嬌笑……

激情過後，我們相擁而眠。

半夜時分，我被自己手機的尖叫聲驚醒了。劉夢也緊張了起來，「馮笑，誰會在這麼晚給你打電話啊？」

我急忙下床去拿電話，詫異地發現竟然是唐孜打來的。我急忙朝劉夢做了一個噤聲的手勢，然後才開始接聽。

「喂？」我的聲音還有些睡意朦朧。

「馮笑，我求求你，求求你馬上到我這裏來一趟。嗚嗚！我求求你……」電話裏頓時傳來了唐孜的痛哭聲。

「發生什麼事情了？」我大驚。

「我求求你，快點啊……嗚嗚！」她依然在哭，哭得幾乎沒有了聲息。

「你等著啊，我馬上來。」我急忙地道。隨即將電話扔在了床上，然後快速起床開始穿衣服。

「出什麼事情了？」她問道。

「唐孜好像出事情了。」我慌張地說，三兩下就把衣服穿上了。

「我和你一起去吧。這深更半夜的，萬一你也出事情了怎麼辦？」她說道。

她的話提醒了我，「這樣，一會兒你待在車上，如果我上去後出現了什麼意外的話，你馬上就報警。」

現在已經是凌晨三點多，大街上幾乎沒有了車輛在行駛，所以我們很快就到達了唐孜住家的樓下。

我開始打電話，「你住幾樓幾號啊？」

她哭泣著告訴了我。

不知是怎麼的，我忽然覺得這是個圈套，因為我猛然地想起了她男人是一個賭徒的事情來。所以，就在這一刻，我猶豫了起來。

「馮笑，你怎麼啦？」見我在那裏猶豫不決的樣子，劉夢從車上跑下來問我道。

「我，我忽然覺得這事情好像不大對勁。」我說。

「怎麼不對勁了？」她詫異地問我道。

「唐孜的男人是個賭棍，我擔心這是一個圈套。」我把自己內心的猶豫說了出來。

「倒也是。不過萬一是她真的遇到危險了呢？我想，唐孜不會害你的吧？要知道，今天你可是剛剛答應了給她股份的。即使她是被她男人脅迫的話也是迫不得已，這種情況下更應該去幫她啊。你覺得呢？這樣吧，我陪你一起上去，這樣可能更安全一些。」她說。

我還是猶豫不決，「那樣的話，豈不是被一鍋端了？」

「沒事。我先撥好一一〇，拿著手機將手放在兜裏，一會兒如果忽然覺得不對勁的話，我就即刻摁下發射鍵就是。」她說。

我驚訝地看著她，覺得她真是臨危不亂，而且還很聰明。隨即點頭，然後和她一起上樓。

剛走幾步我就停住了，「劉夢，還是我上去吧，你在車裏等我，我按照你的辦法，到時候有問題的話就撥打你的電話。這樣的話，你在下面更安全。」

「你是男人，容易被別人防範。萬一你一進去就把你打昏了怎麼辦？還是我和你一起上去的好。」她說。

我想也是，隨即繼續朝裏走去。不過我心裏非常惶恐、害怕。

唐孜告訴我她住在二樓。上一層樓就到了。

就是這裏，我站在了門前，伸出手準備去敲門，但是卻發現自己的手抖動得厲害。

作為男人，我們從小都有英雄情結，總是會經常設想假如自己遇到搶劫或者上戰場的話，將會如何臨危不懼、如何勇往直前，每當出現了那樣的幻想的時候，往往就會熱血沸騰。但是今天我才知道，當自己真正遇到了這樣的事情的時候，內心的恐懼和慌亂就會不可控制地從心底裏冒出來，而且自己的神經和動作都會不再聽自己的使喚了。

我想敲門，知道自己現在應該去敲門，但是我的手卻始終無法到達前面的門上面去！它在顫抖，而且無力。幾次試圖克制自己的恐懼，但是卻毫無作用。

「怎麼啦？別猶豫了。」劉夢說。

我有苦難言但是卻依然敲不了門。她即刻將我拉到了一邊，瞪了我一眼，「馮笑，你還是男人呢，到這時候還猶豫什麼啊？」

她說著就去敲門了。

「咚咚！咚咚！」敲門的聲音響起，我的恐懼更加厲害了，不過我心裏也很汗顏：馮笑，你怎麼連一個女人都不如？

裏面傳來了腳步聲。劉夢忽然緊張了起來，她退後了一步，然後伸手緊緊拽住了我的胳膊。我的身體也僵直了，雙眼直直地去看著眼前的那道門。

「吱呀」一聲，門被打開了……

我的眼前出現了一張淚流滿面的臉。是唐孜。我內心的恐懼頓時在這一瞬消失得乾乾淨淨，「唐孜，你怎麼了？」

她猛地朝我撲了過來，然後緊緊將我抱住，她的身體在發抖，同時在嚎啕大哭。

我輕輕拍打她的後背，但是我沒有說話，我在等待她哭泣的結束。

被她男人打了？可是她男人呢？還是遇到了其他的什麼事情？我在心裏猜測。

劉夢在旁邊提醒我，「馮笑，這深更半夜的別在外面，進屋去吧。」

我覺得她說的對，而且從現在的情況來看，今天的事情應該不是什麼圈套了，應該是唐孜真的遇到了什麼麻煩事，於是我對正緊緊抱著我的她說道：「唐孜，有什麼事情進去說吧。好嗎？」

唐孜的家裏很簡陋，不過倒也還算乾淨。現在是半夜時分，屋子裏的燈光應該寂靜而顯得有些昏暗，屋子裏靜得嚇人，我們三個人的呼吸聲都清晰可聽見，天花板上日光燈的變電器發出的電流聲也是那麼的刺耳。

唐孜在低聲地哭泣。她的臉上全是淚水，神情驚恐而淒婉。劉夢在她身旁，她在挽著她的胳膊，就那樣靜靜地陪在她的身旁。

我害怕這種靜謐，害怕她的哭泣，我的心臟在一陣陣刺痛，變電器發出的聲音讓我感到頭痛得厲害，她的哭泣聲是如此的淒婉，差點讓我的眼淚往外流出。

我深吸了幾口氣，隨後才去問她道：「唐孜，究竟出什麼事情了？」

「刁得勝，他……嗚嗚！」她猛然地再次大哭了起來。

我彷彿明白了，內心的怒火頓時升騰了起來，猛然地站起來在房間裏走動著，我不知道自己要幹什麼，只是覺得內心裏的怒火在不住往外奔瀉……

她肯定是被那個叫刁得勝的人欺負了，肯定是這樣！

「馮笑，你要冷靜。問清楚了再說。」劉夢急忙地提醒我道。

我即刻停止了狂亂的腳步，再次深吸幾口氣強迫自己清醒、冷靜起來，一會兒後我才緩緩走到唐孜面前，柔聲地問她道：「你別哭了，快告訴我們，究竟發生了什麼事情？」

她的哭聲慢慢小了下來，不過還是在抽泣。一會兒之後，她終於講出了事情的原委來。

我聽了後頓時怒不可遏……

事情的經過是這樣的——

今天晚上我送唐孜回家後她先是去洗了個澡，然後躺在床上看雜誌，後來不知不覺就睡著了。半夜的時候她聽到了開門的聲音，以為是自己的男人回來了所以也就沒有在意，因為她男人每天晚上都在外面打牌，經常都是在這時候回來，有時候是回來取錢然後又出去了，如果贏了錢後就會很興奮。

唐孜聽見他進來了，迷迷糊糊中感覺到他進了臥室，一會兒就發出了「窸窸窣窣」的聲音，隨後就上了床。她也沒在意。

隨後，她就感覺到他開始在撫摸自己的身體，伸進了自己的睡衣裏開始捏自己的乳房。以前也是這樣，只要是他贏錢後就會變得很興奮，回來後就要和自己做那樣的事情，所以她也就沒有動彈，任憑他那樣撫摸自己，繼續迷迷糊糊地睡去。

他開始在摸她的腹部，然後慢慢伸進了睡褲裏，用手指挑開了內褲、開始撫摸她的那個部位，手指伸到了縫隙裏輕輕地觸摸……

「你討厭，把我弄醒了。」她嘀咕著說，然後起床準備去洗澡。

忽然，從外面照射進來的燈光讓她看見了眼前的這個人的臉，他，他根本就不是自己的男人，他是刁得勝！

她頓時大聲叫了起來，「你，你是誰?!」

那人發出了淫笑聲，「騷娘們，怎麼樣？剛才爽了吧？來，我們再來一次吧，剛才我太緊張了。」

「刁得勝！我打死你！」她既恐懼又憤怒，隨手從床下抓起拖鞋就朝他狠狠地揮打過去。

「啪！」地一聲，她猛然地感覺到自己的臉上火辣辣的痛，「你這個騷貨！我告訴你，你男人賈俊欠了我的錢，是他讓我來的。你知道他欠我多少錢嗎？一萬塊！老子才搞你一下這一萬塊就沒有了！不行，還得再來一次！」

刁得勝的話讓她震驚，不過她頓時就清醒了過來，隨即快速跑到廚房去，拿出一把菜刀來就朝他揮舞了過去，她一邊揮舞著手上的菜刀，一邊聲嘶力竭地大叫：「我要殺了你！」

刁得勝頓時駭然，嚇得轉身就跑了出去……

她頓時癱軟在了地上，然後開始痛哭。許久之後才想起給我撥打電話……

她斷斷續續地講完了事情的經過，不過有些部分是經過我的想像後才將那個過程接續得完整起來的。

「這個畜生！」劉夢頓時大罵起來。

「馬上報警，他這是強姦。」我也憤怒地道。

「不……」唐孜卻驚恐地說。

「唐孜，他侵犯了你，這樣的人應該受到法律的制裁。你是受害者，你害怕什麼？」劉夢憤憤地道。

「不……那樣的話我就不能活了。嗚嗚！」唐孜再次哭泣起來。

劉夢來看我，我也覺得為難起來。從法律的角度來講劉夢的提議是對的，但是唐孜的情況不大一樣，她畢竟是附屬醫院的職工，而且她的叔叔是醫院的院長，這樣的事情傳出去了後，對她本人以及她叔叔的影響都不好。

我是婦產科醫生，非常瞭解女性的心理狀況，其實大多數女性在受到了這樣的侵犯後都會採取隱忍的方式，因為傳統的倫理道德總是對女性有著一種歧視。人們在通常的情況下並不是把同情弱者放在第一位的，人們往往更加看重女性的貞操。這是現實，無情的現實。在這樣無情的現實面前，一切的法律都會顯得非常的蒼白。

我是一個現實主義者，完全能夠理解唐孜目前的感受和心境。所以，我並沒有像劉夢那樣勸她非得要去報案。

不過，我覺得不能就這樣放過她的男人賈俊，還有那個叫刁得勝的流氓。

「唐孜，你去洗澡了沒有？」我歎息了一聲後才去問她，因為此時我想到了一個可能存在的可怕結果——萬一她因此懷孕了就麻煩了。

她在搖頭，眼淚一滴滴在往下掉落。

「馮笑，讓她跟我們走吧。去酒店裏洗澡，別讓她待在這裏了。」劉夢對我說。

我點頭，「走吧。唐孜，跟我們去酒店吧。」

在這種情況下，我已經不再去考慮她是否會想到我今天和劉夢做了些什麼事情的問題了。

在開車去往酒店的路上，我一直在注意馬路兩側的情況，終於，我發現了我要找的那樣一個地方。即刻將車停靠在路邊，「你們等一下。」

這是一家二十四小時營業的藥店，我買了避孕藥後回到了車上。

唐孜變得有些癡呆的狀態了，或者可能是一種因為恐懼後的神不守舍。

「劉夢，麻煩你給她洗個澡吧。」我歎息著說。

劉夢點了點頭。

我又低聲地對她說道：「幫她把裏面沖洗乾淨，一會兒我給她吃藥。」

劉夢將唐孜扶到了洗漱間裏去了。我躺在床上，心裏的憤怒依然在心裏燃燒：決不能輕饒了那兩個畜生！

洗漱間裏傳來了「唰唰」的流水聲，我心裏在想：怎麼辦？怎麼去懲罰那兩個畜生？

唐孜的這個澡洗了很久，她們兩個人出來的時候我差點睡著了。唐孜的神情木然，眼神呆滯。

我們很多人都是這樣，往往是在恐懼的事情發生過後才感到了害怕。有時候心理的恐懼比現實更可怕。

我將避孕藥遞給了劉夢，「讓她吃下去。」

她接了過去，「我也要吃。」

我不滿地看著她，因為我覺得她不應該在這個時候開這樣的玩笑。

她的臉頓時紅了，「對不起。」

「你們倆就睡這裏吧。劉夢，麻煩你照顧一下她。我回去了。」我隨即說道。

「難道這件事情就這樣算了？馮笑，我剛才可是替她把證據留了下來的哦。我用紙巾揩拭了她裏面的東西，現在那些東西就放在洗漱間裏。」她說。

我搖頭歎息，「劉夢，你是女人，難道你還不瞭解你們女人的難處和想法嗎？這件事情我會幫她處理的。總之就是一個原則，絕不能輕饒了那兩個畜生！」

「馮笑，我想不到你也這樣。如果是我受到了這樣的侵犯的話，肯定會報警的。」她歎息著說。

「每個人的情況不一樣。她畢竟在我們那樣的單位上班，而且她叔叔的身分……算了，就這樣吧。辛苦你了。有什麼事情隨時給我打電話。」我搖頭說道。

「嗯。」她說，隨即去倒水給唐孜餵藥，隨後讓她躺在了床上，輕輕替她蓋上了被子。我這才離開。

其實我回家後也沒有睡好，就這樣迷迷糊糊地在床上躺到了天亮。早上醒來後我給劉夢打電話，問她唐孜現在的情況怎麼樣了。她說：「還在睡，好像沒什麼事情。」

「麻煩你好好陪著她吧，陪她兩天。我去幫她請假。」我說。

「這件事情你對她叔叔講嗎？」她問。

我苦笑，「不講怎麼行？不過只能悄悄告訴他。」

「你放心吧，我會照顧好她的。哎！都是些什麼事啊？」她說。

「你讓余敏最近管好公司的事情。醫院有什麼消息我即刻就告訴你們。這幾天你就專門照顧唐孜吧。對了，今天我去把你們的車提了。到時候我給余敏打電話。」我隨即說道。

說實話，我說這些話的目的有一種討好、賄賂她的意味，當然，目的是為了讓她照顧好唐孜。

「我要是能夠和你一起去買車就好了。」她歎息著說。

「你有什麼具體的要求？比如顏色什麼的。」我問她道。

「公司用車嘛，黑色或者白色最好。你說呢？」她說道。

「那就白色吧。你們都是女人，白色最合適。今後有錢了你們就換寶馬，白色的寶馬。」我笑著說。

「馮笑，我可是就等著那一天哦？」她輕笑道。

「沒問題的。如果賺不到錢的話，我今後私人給你買。」我說，「好啦，就這樣吧。我馬上吃早餐然後去醫院。」

在去往醫院的路上，我給唐院長打了個電話，「唐老師，您上午在辦公室嗎？我想和您說件事情。」

「重要嗎？如果是一般的事情的話，就在電話裏講吧。」他說。

「很重要，而且最好是當面給您講。是唐孜的事情。」我說。

「唐孜？她怎麼了？」他即刻地問道。

「唐老師，我想當面給您講。您看什麼時候有空？對了，您最好現在就去幫她請個假，一會兒我到了後再慢慢向您解釋。」我說。

「究竟出什麼事情了？」他的聲音頓時變得緊張了起來。

「她現在好好的，我讓昨天和我們一起吃飯的小劉在陪著她。您別著急，我馬上就到了。」我急忙地道。

「我馬上就到辦公室了，本來上午有個會的，我推一下。你快點啊。」他說。

「究竟出了什麼事情？」唐院長一見我就迫不及待地問道。

「她被別人欺負了。」我說，隨即將事情的原委都告訴了他，隨後又說道：「唐老師，我想了很久，覺得還是應該把這件事情告訴您才可以。雖然唐孜很不想讓您知道。但是現在她的狀況不大好，估計是心裏一時間還接受不了這個可怕的現實，所以就涉及到請假的事情。其他的倒是沒什麼，因為小劉在陪著她。」

「這個畜生！」他狠狠地將拳頭砸在了桌上，憤怒地道。

「唐老師，您別動怒。這件事情您知道就是了，千萬不要讓別人知道了。那樣的話對唐孜、對您的影響都不好。您說是嗎？」我急忙勸他道。

「難道就這樣算了不成？」他憤憤地道，頸上的青筋直冒。

「當然不能就這樣算了。」我說道，自己也感覺自己的聲音冷得浸骨。

「你準備怎麼辦？」他長長地呼了一口氣後問我道。

我看著他，「您希望我怎麼辦？」

「第一，小孜必須和賈俊離婚。第二，刁得勝必須受到應有的懲罰，更不能放過賈俊這個畜生！但是馮笑，千萬不要因為懲罰他們而讓你自己去犯罪。你明白嗎？」他說。

我點頭，隨即又問：「那麼，您覺得怎麼懲罰他們才可以呢？」

「如果能夠讓他們去坐牢就好了。但不能因為這件事情讓他們去坐牢。」他說，雙眼灼灼地看著我，「你說呢？」

我頓時怔住了。本來，我已經想好了今天就去找黃尚，然後請他找人去把賈俊和刁得勝狠狠打一頓。他們都是賭徒，被人打一頓這樣的事情很容易做到，而且還不好牽連到我這裏來。可是我沒有想到唐院長他竟然提出了這樣一個想法來。

「我明白了。」我說。現在我只能這樣說。

「你去忙吧。謝謝你告訴我這件事情。」他說。這一刻，我發現他的臉上看上去似乎猛然地蒼老了許多。他的神情蕭索，雙眼裏淚珠在滾動，額頭上的皺紋也多了很多。

我朝他點了點頭後準備離開，可是他卻又叫住了我，「小馮，最近你可以少去上班，我給你們科室講一下。麻煩你多陪陪小孜好嗎？」

我點頭，「您放心吧。」

從他辦公室裏出來，輕輕將門替他關上。正準備離開，忽然聽見裏面傳來杯子被摔在地上的破碎聲，還有他的怒吼聲！

我歎息著離開。

找了個安靜地方，這才給黃尚打電話，「黃經理，我想請你喝杯茶，有空嗎？」

「馮醫生召喚我，我敢不從命？」他笑道。

「客氣了，那你看什麼地方對你比較方便？」我隨即問他。

「你吩咐吧，你說好了地方後我馬上就趕過來。」他說。

我不想在醫院周圍，因為我擔心萬一被醫院裏的某個人無意中聽到了我們的談話的話就麻煩了。要知道，醫院裏的醫生可是經常會被病人家屬請出去喝茶的，因為在醫院裏給紅包什麼的太顯眼了。所以，不怕一萬就怕萬一啊。「這樣吧，我記得你們皇朝夜總會旁邊好像就有一家茶樓，我們就在那裏行不行？」

他頓時大笑了起來，「那家茶樓可是我們公司開的呢。行，就那裏。我馬上去給你把茶泡好，然後等你就是了。」

我也笑了起來，「太好了。對了，我喝綠茶啊，鐵觀音什麼的我喝不慣。」

一會兒後我就到了那個地方。進入到茶樓裏去後，發現黃尚正站在那裏恭候我的到來。「我們去雅間裏。」

我點頭致謝，隨即跟著他進入到雅間裏，我發現這地方還真不錯，也許是上午的緣故，這地方的人並不多，但是這裏的環境很清雅，全部是高靠背的藤式沙發，處處是綠色植物，連茶樓大廳的天花板上面都是藤蔓植物。而這間雅室裏就顯得更加清爽了——兩張休閒籐椅，一隻漂亮的茶几，落地玻璃窗外面是一片綠地。

「這地方真不錯，平常的生意好嗎？」我觀賞了四周的環境後笑著問他道。

「上午差一些，下午幾乎就坐滿了。晚上的人就更多了。來這地方的人要麼是來談事情的，要麼就是來打牌的。說實話，在我們江南省城裏這家茶樓的環境應該算是最好的，所以生意當然很好了。」他回答說。

「我說呢，如果都像現在這樣冷清的話，我還真擔心你這生意不好做。」我笑著說。

「其實呢，這個地方還有夜總會的主要作用，是用於集團接待客人的地方，不過董事長要求我們首先是要賺錢，要能夠養活自己。」他笑著說。

我點頭，「這樣一來就可以節約很多的費用了。」

我和他一開始就這樣漫無邊際地閒談，其實我也知道他肯定清楚我今天是有事情來找他，但是我卻一時間還沒有想好該從什麼地方開始談起。所以，這樣的閒聊就在所難免了。

他點頭道：「是這樣。馮醫生，你怎麼今天忽然想起來和我喝茶了？」

「呵呵！正好今天比較閑。主要還是想來當面謝謝你上次的幫忙。」我笑著說，隨即又道：「可惜啊，上次我請你幫了那個人，結果他不思悔改，又犯下了同樣的毛病了，而且更變本加厲起來。哎！」

他一點也不奇怪的樣子，搖頭道：「這賭博啊，就和吸毒一樣是很難戒掉的。有人說，賭博、嫖娼是自古以來就有的惡習，是人的本性，所以很多人一旦沾染上了就很容易上癮。嫖娼也就罷了，花不了多少錢，最多也就是容易染上性病，但是這賭博就不一樣了，它與吸毒一樣，是很容易讓人傾家蕩產的。」

我點頭，「是這樣。上次我請你幫的那個叫賈俊的人，他其實是我一位朋友的男人，我想不到上次幫他反倒幫出問題來了。昨天晚上……」

隨即，我把事情的大概經過給他講了一遍，「黃經理，你看，這個賈俊還是個男人嗎？竟然那樣對待自己的老婆！太過分了。」

「哎！這樣的事情我倒是見得多了。賭博的人早就賭紅了眼，哪裏還有半點人性啊？別說是自己的老婆，有的人對自己的親閨女都做出了那樣的事情來呢。你說的這件事情並不奇怪，不過你那位朋友可夠慘的了。」他說。

我歎息道：「是啊，這賭博真害人。黃經理，我今天來找你，主要是想請你再幫一個忙。如果有什麼需要的話，請你直接向我提出來就是。雖然你是我岳父公司的人，但我們已經是朋友了，所以我覺得有些事情該怎麼的還得怎麼辦才是。」

他急忙地道：「馮醫生，你這樣說我可不高興了。說實話，我很想叫你一聲大哥的，就是怕我自己高攀了。我也很希望你不要叫我什麼黃經理，直接叫我小黃不是更好？有什麼事情你吩咐一聲就是了，千萬不要那麼見外啊。」

「謝謝。」我說，「是這樣，我那朋友……」

他笑著打斷了我的話，「馮哥，你可以告訴我嗎？那個賈俊的老婆是不是你的女朋友？如果是的話，你讓我幹什麼事情都可以。如果不是呢，可能我……呵呵！馮哥，你是知道的，我們做事情總得考慮值不值得吧？」

我頓時一怔，隨即苦笑道：「算是吧。」

「我明白了。馮哥，我非常感謝你對我的信任。其實你的情況我很清楚，董事長的女兒現在是那種情況，你能夠做到不離不棄已經很不錯了。有件事情你可能不知道，董事長私下曾經悄悄交代過我，說只要你隨時到夜總會來，都必須照顧好你。董事長也很體諒你呢。馮哥，這件事情我也只是私底下給你講一下，千萬不要讓施總知道了啊，她知道可不得了了啊。」他對我說，滿臉的神秘。

我有些尷尬起來，其實剛才我也是迫不得已才承認了自己和唐孜的關係的，因為我知道一點，要讓他幫那個忙的話，首先就得表示出自己的真誠。要知道，那可不是一般的事情啊。

「馮哥，你繼續說吧。對不起，剛才我打斷了你的話了。」他隨即又對我說道。

我咳嗽了兩聲，試圖以此掩飾自己的尷尬，說道：「呵呵！沒事。是這樣的，我那朋友畢竟是有正規工作的人，這樣的事情傳出去了的話，肯定對她的影響很不好，所以她堅決不同意報案。但是，總不可能就這樣放過了這兩個男人吧？你說是不是？」

「你的意思是？」他問道，「要不，我找幾個人好好去教訓他們一下？」

我搖頭，「這也太便宜他們了。」

他頓時瞪大了眼睛，「馮哥，犯法的事情我可不敢做啊。我能夠做的最多也就是叫人暗地裏揍他們一頓，讓他們一個月下不了床。其他的事情可就不敢了。」

「我不會讓你去做犯法的事情的。」我說，「那樣的話，我豈不是把你也給害了？你覺得我是那樣的人嗎？」

「那你的意思是？」他疑惑地問我道。

「你看，有沒有什麼辦法可以讓他們去坐牢？但是不能和這件事情有任何的關係。」我試探著問他道。我想：如果他也想不到辦法的話，那也就只好採用他剛才說的那個方案了。

他在思索、沉吟，「這……我想想啊……」

我不再說什麼，隨即去喝了一口茶，然後去看外面的風景。落地窗外面的那片綠地的天空上面有幾隻小鳥正歡快地掠過，隨後又快速地飛了回來。我想：要是把牠們關在鳥籠裏的話，牠們肯定會很難受的。但願黃尚能夠想到一個不錯的辦法。

他還在沉吟，一會兒後他看了看他手腕上面的錶，說道：「馮哥，你看這樣好不好？現在已經到吃飯的時間了，我讓他們炒幾個菜來，我們就在這裏隨便吃點。」

「行。」我說。我也不想換地方，因為我不想打斷他的思路。

他隨即就出去了。

我坐在這裏，心裏想的全都是唐孜的事情，腦海裏浮現出她那淒婉的面容，還有她的哭泣。我心裏頓時傷痛起來，憤怒也開始在出現。實在不行就讓他們在床上躺一個月！

我還從來沒見過唐孜的男人，也不認識那個刁得勝，但是我的心裏對這兩個人已經恨之入骨了。

不一會兒後他就回來了，笑著對我說道：「馮哥，我讓他們炒了幾樣菜，還要了兩瓶啤酒。因為是中午，我們隨便喝點酒就是了。不好意思，這裏就這條件。」

菜的味道很不錯，特別是那盤泡椒牛肉，味道堪比童瑤媽媽的手藝。

我們每個人只喝了一瓶啤酒然後就開始吃飯，可是一直到吃完飯的時候他都沒有想出任何的辦法來。

服務員收走了碗筷後，我才對他說道：「小黃，我也覺得這件事情很難，這樣吧，實在想不出什麼辦法就算了。那就按照你開始說的辦法，找幾個人暗地裏教訓他們一下，總不能就這樣算了。你說是不是？」

他卻在朝我微微地笑，說道：「馮哥，這件事情你別管了，我來處理就是。你放心，只要是你出的題目，我這個當兄弟的就一定想辦法替你辦到。」

我頓時驚喜，「你想到辦法了？快說說，你準備怎麼去做？」

他搖頭道：「馮哥，這件事情我暫時不能給你講。反正有一點，就是把他們送進監獄裏去是吧？」

我頓時心癢難搔，但是又不好再問他，因為我知道他既然說了那樣的話，就肯定有他的原因和想法的，不過我還是提醒他道：「千萬不要把你自己籠進去了啊。還有，不要把事情搞得太大了。」

「不會的，你放心好了。讓他們在監獄待上個七、八年就夠了。」他笑著說。

我愕然地看著他，「你這麼有把握？」

他朝我神秘地笑了笑，然後又不說話了。

「太感謝了。我得走了。小黃，如果有什麼需要的話，你直接告訴我就是。」隨即我對他說道。

「馮哥，不要這麼客氣啊。你是我哥呢，你說是不是？」他急忙地道。

我離開了茶樓後，心裏還是很好奇：他會採用什麼辦法呢？

回到醫院裏睡了午覺後才給余敏打電話，「在什麼地方？我來接你去買車。」

「買車？」她問我道，「你要換車啊？」

「劉夢沒告訴你嗎？我對她講了，先借錢給你們買一輛車，這樣才利於你們公司今後的工作。」我說道。

「她只是對我說了股份的事情，買車的事情沒說。哥，你太好了。」她在電話裏嬌聲地道。

「說吧，在什麼地方？我馬上來接你。」我再次問她道。

「在公司裏，你來吧。」她說，隨即告訴了我她公司的地址。

我還是第一次到她的公司來，這地方有些偏。兩間平房是她們辦公的地方，她的辦公室裏有兩張桌子，另一張肯定就是劉夢的了。另外一間辦公室裏有三個人，一個年輕小夥子，兩個小姑娘。

「地方倒是不錯，就是偏了點。」我進去後不住打量她的這間辦公室。

「這裏便宜。今後賺錢了，一定搬到辦公大樓裏去。」她笑著說。

「工欲利其事、必先利其器，我覺得還是先搬到一個像樣的地方去才好，畢竟公司得有最起碼的形象吧？」我說。

「可是，這一時之間哪裏去找啊？」她說道。

我想了想，靈機頓時一動，「這樣，我在醫院對面有套房子，你們去那裏辦公吧，一百多個平方呢，很不錯的。」

「哥，你到底有多少房子啊？」她詫異地問我道。

「那是我前妻買的房子。」我神情頓時黯然。

「對不起。」她看著我低聲地道。

我搖了搖頭，說道：「沒事。如果你覺得可以的話，就搬到那裏辦公吧。反正那地方也是空著的。不過裏面那些傢俱可能很多用不上了，到時候你自己處理就是。」

那套房子是趙夢蕾當初買的，後來蘇華也去住過一段時間，可是現在她們兩個人都已經離開了這個世界。自從蘇華死後我就再也沒去過那裏了，我不想去那裏，睹物思人的感受我不想去嘗試。

隨後，余敏跟著我去到了賣別克的車店。

「這車倒是很好看，不過太耗油了。」她說。

「這是商務車，而且是美國品牌。美國品牌的車雖然耗油，但是大氣穩重，而且安全係數比較高。不像日韓車，一撞就掉下一大片，那樣的車倒是節油了，可是安全的問題就不敢保證了。你再看看，如果覺得可以的話，就買了吧。」我說道。

「你覺得行就可以了。」她笑著說。

「喂！是你的公司用車呢。」我不滿地道。

她朝我嫣然一笑，「就這個吧，我覺得可以。」

「白色還是黑色呢？」我又問她。

「白色吧。我和劉夢都是女的，開白色車好點。」她說。

我這才笑了起來，「我也這樣覺得。好，就白色。我馬上去給賣車的人講。」

她即刻制止住了我，「哥，別忙。我聽說這車是可以講價的。」

這我可就不知道了，「是嗎？」

她點頭，「我去和他們談。你們男人買東西都是這樣大大咧咧的，他們最歡迎你這樣的顧客了。」

我不好意思地笑了起來。我覺得余敏在這一點上可能比劉夢好一些，因為我覺得劉夢也和我一樣是那種大大咧咧的性格。

隨即在心裏一怔：馮笑，你幹嘛老是去比較她們兩個人啊？

於是我也就沒有管她，任憑她去和買車的人談價。我去到了店外，慢跑了幾步，深深地呼吸了幾次。我在心裏對自己說：得儘快去辦一張健身卡了，再這樣下去，可就真的會變成大胖子了。

一會兒後忽然聽到余敏在叫我，隨即看見她在大門處，急忙朝她跑去。她過來挽住了我的胳膊，低聲地對我說道：「我講下來了，兩萬。」

我愕然地看著她，「你這麼厲害？」

「他們還答應送車窗的貼膜，腳墊。怎麼樣？我厲害吧？」她得意洋洋地對我說道。

我朝她豎起了大拇指，「你真厲害。」

「不過今天提不了車。手續什麼的要明天才可以辦完。」她說。

「沒關係，我把錢交了，你明天自己來提車吧。對了，你會開車嗎？」我問她道。

「當然，不過我以前學會了後就沒怎麼開了，不知道現在技術怎麼樣了。」她說，「這是自動擋的車，應該問題不大。」

隨後我去刷了卡。幸好林易給我匯了兩百萬。

「現在我們去哪裏？」余敏問我道。她變得有些興奮起來。

「去看看房子吧。如果你覺得可以的話，我就把鑰匙給你。」我說。

「好。」她說，仰頭來看我，「哥，你真好。」

我發現她似乎已經變回到了從前的那種美麗，因為她的臉上有著迷人的笑容，還有燦爛的眼神。

先開車回到醫院，因為那裏的鑰匙被我放在辦公室裏。

雖然我很不想去到那個地方，但是今天沒有別的辦法。

開門後，發現裏面很厚的灰塵，整個房子一片蕭瑟。我的心情頓時凝重起來，也蕭索了起來，歎息一聲後，對余敏說道：「這裏很久沒住人了，你看可以嗎？」

「很不錯的地方，打掃一下就可以了。」她說。

「這裏距離我們醫院近，而且今後你們可能主要是做我們醫院的業務。我倒是覺得不錯，如果你覺得可以的話，就儘快搬過來吧。」我說。

「嗯。」她隨即來看我，「哥，你怎麼沒把這地方賣出去？」

「這是她的房子，雖然她已經不在了，但是我還是想留下這個地方。現在好了，終於派上用場了。」我歎息著說。

「那我們就儘快搬過來吧。」她說，隨即來將我抱住，「你真好。」

我很想推開她的，因為我不想在這地方和她這樣親熱。但是我不忍，「走吧。這是鑰匙。」

她仰頭來看了我一眼，隨即就從我懷裏離開，隨後跟著我出了門。

「哥……」她在身後叫我。

我轉身，「說吧。」

「你給孩子取個名字吧。」她走到我面前低聲地對我說道。

我想不到她會在這個時候，這個地方對我說這件事情，「不是還早嗎？」

「我忽然想起了這件事情來。因為我剛才在你的這個家裏，讓我忽然有了一種家的感覺。」她說。

我看著她，心裏在猜測著她的想法，「余敏，這地方你可以一直用下去的。如果今後你需要房子的話，我可以另行給你買。但是這裏不行，它是我前妻買的，我覺得自己沒有權利去處置它。」

「哥，我沒有這個意思。」她頓時慌忙地道。

「我也沒有其他什麼意思，只是想告訴你，如果你有什麼困難的話，可以告訴我。明白嗎？直接告訴我。」我柔聲地對她說道，「走吧。」

她跟在了我身後，「哥，我真的想讓你給孩子取個名字。」

「你不是馬上要結婚了嗎？」我問道。

她低聲地道：「我已經結婚了，就在你去北京的那天。」

我大吃一驚，霍然轉身，「你怎麼不告訴我？」

她滿臉的悽楚，「我告訴你又有什麼用？我只想讓孩子今後不受影響。」

我頓時默然，百般滋味頓時湧上心頭，「還是讓你丈夫給孩子取名字吧。」

「他姓江，長江的江。」她卻這樣告訴我道，我明白了她的意思，一時間心緒紛呈，腦子裏一片空白。

乘坐電梯下樓，到了樓下後，我對她說道：「你是回公司呢，還是回家？我送你。」

她搖頭，憂鬱的眼神，「不用了，我搭車回去，晚上我叫幾個人來做這裏的清潔。」她說了這句話後，就轉身朝馬路邊走去。我的腦海裏全是她剛才那種憂鬱的眼神，禁不住叫了她一聲：「余敏！」

她緩緩地轉身。

「孩子就叫江余，或者江小餘吧。」我說。

她頓時笑了。我看得清清楚楚，她的雙眼裏已經有了淚花。

我頓時明白了：她並不在乎孩子究竟叫什麼名字，也不在乎孩子今後是跟誰的姓，她需要的是我給孩子取一個名字。因為，我是孩子的父親。

嗟歎了許久，隨即給劉夢打電話，「她怎麼樣了？」

「一直在睡覺。中午吃了點東西。」她回答說。

「我馬上過來。」我說，隨即又告訴她：「車已經買了。別克，白色的。明天提車。還有，我把我以前的房子借給你們公司做辦公室。余敏已經去看過了。」

「太好了，你那房子在什麼地方？」她高興地問道。

「就在我們醫院對面，今後你們很方便。」我說。

她「咯咯」地笑，「那樣的話，你也很方便。」

我一怔，一會兒後才反應過來她的話裏可能另有含義，頓時哭笑不得，「別開這樣的玩笑，那可是你們的公司。」

她在電話裏「吃吃」地笑。

現在是下班前夕，馬路上還不是特別堵車，半小時後我就到達了那家酒店。進入到房間後，我看見唐孜正睡在床上，雙眼緊閉。不過我仔細看她的時候，卻發現她的睫毛在輕微的顫動。

「劉夢，你出去一下，我想單獨和她說會兒話。」於是我轉身去對劉夢說。

劉夢即刻就出去了，還隨手關上了房門。

我去坐到了床頭處，將手伸進了被窩裏，尋找到了她的手，然後輕輕握住了它。她的手顫抖了一下，隨即就歸於了平靜。

我看著依然閉目躺著的她，輕聲地叫了她一聲：「唐孜……」

她的睫毛猛地顫動了一下，我心裏大喜。

我即刻緊緊抓住了她的手，激動地道：「唐孜，我知道你是醒著的。事情已經過去了，你不要再去想那件事情了。你放心，他們一定會受到懲罰的。你餓了沒有？我們一起去吃飯好不好？你想吃什麼？我們去吃海鮮好嗎……」她還是沒有說話，於是我又道：「你不是最喜歡吃海鮮的嗎？或者我們去江邊吃魚，野生魚，可以嗎？」

她的睫毛顫動得更厲害了，我禁不住去親吻了她那正在顫動的眼睛一下。可是，讓我想不到的是，她猛然地在那一瞬間坐立了起來，隨即狠狠一巴掌就搧在了我的臉上！

我頓時呆住了。她也呆住了，睜大著雙眼怔怔地在看著我。

「你醒啦？」

她猛地來將我抱住，隨即大聲地痛哭了起來。我心裏的柔情頓起，輕輕地拍打著她的後背，柔聲地對她說道：「別哭，都過去了。唐孜，我們去吃飯好嗎？」

說實在話，這時候我也不知道該對她說些什麼好了。一是因為激動，二是她剛才的那一耳光把我打懵了。

她沒有說話，依然在哭泣。我給她揩拭著眼淚，「走吧，我扶你起來。」可是，她的雙手緊緊環抱在我的頸上不鬆手，於是，我伸出手去將她橫抱起來。

還好的是，她沒有拒絕。

我抱著她去到了洗漱間，用毛巾給她洗了臉，然後給她穿上外套。仔細端詳著她，笑道：「嗯，不錯，很漂亮。」

她破涕為笑，「馮笑，我餓了。」

「我們就是出去吃飯啊。說，想吃什麼？」我柔聲地問她道。

「我想去上次我們去的那個地方。」她說，隨即不好意思地笑了。

我笑道：「好！那我們走吧。」

「她，她呢？」她站在那裏問我道。

「就我們兩個人去吧。」我說，隨即用眼神去徵求她的意見。

「叫她一起吧，她可是陪了我一整天了。」她低聲地說。

原來她都知道。我心裏想。不過我從她剛才的語氣中感到了她內心還是不想讓劉夢和我們一起去的。於是我說道：「沒事，她今天也累了，讓她回去休息吧。」

她不再說話。

我朝她微微一笑，隨即給劉夢打電話，「你回去休息吧，晚上我陪她去吃飯。」

「我去做清潔，余敏才給我打電話呢。」她說，隨即便笑了起來，「馮笑，你真會撿便宜，晚上的事情就是你的了？」

我正準備說她幾句的，但是她卻已經掛斷了電話。我不禁苦笑。

我們到達了上次來到的這個地方，我選擇了一個酒樓外面露台的位置，因為我忽然發現這座城市的夜晚是如此的絢麗。

夜晚的江南省城是如此的美麗，就像是濃妝淡抹的現代美女，時尚而炫目。各色閃亮的霓虹燈讓整個城市流光溢彩、神采飛揚。

然而這華麗的燈光讓我有些暈迷。抬頭，卻發現天上沒有星星。是的，只是一片黑暗，一顆星星也沒有。天上沒有星星，也就失去了星空下那些美麗的傳說，失去了夜間神秘的遐思。也許，這是都市的副作用，它破滅了人的幻夢。

沒有夢的城市是現實的，太現實的城市則讓人寂寞。我看不透這座城市，她太美麗，太繁華，也有太多偽裝。我不知道在這不夜的城市裏，是否有人和我一樣，在繁華裏落寞。

這座南國的城市，很久都沒有下雨了，空氣中瀰漫著灰塵，人的心便如同浮沉一樣躁。只有五光十色的霓虹燈閃著迷亂的光，迷了人眼，亂了人心……

歎息，深沉如夜的歎息，來自我身旁的她。她的睫毛上，掛著迷蒙的霜。眼前的江水載著一江彩色的燈光倒影，安靜地奔流，而她的歎息，破碎了一江的光影。

夜色漸濃，城市卻依舊繁華喧囂。霓虹燈點亮了都市的奢華，也掩蓋了星月的清輝，放肆地把變幻的彩色投向天空。天空朦朧，連黑也不純粹了。

《帥醫筆記》第一輯完

帥醫筆記 之16 大夢初醒 第一輯完

作者：司徒浪
發行人：陳曉林
出版所：風雲時代出版股份有限公司
地址：105台北市民生東路五段178號7樓之3
風雲書網：http://www.eastbooks.com.tw
官方部落格：http://eastbooks.pixnet.net/blog
Facebook：http://www.facebook.com/h7560949
信箱：h7560949@ms15.hinet.net
郵撥帳號：12043291
服務專線：(02)27560949
傳真專線：(02)27653799
執行主編：風雲編輯小組
美術編輯：風雲編輯小組

法律顧問：永然法律事務所 李永然律師
北辰著作權事務所 蕭雄淋律師

版權授權：蔡雷平
初版日期：2016年2月
初版二刷：2016年2月20日
ISBN：978-986-352-276-8

總 經 銷：成信文化事業股份有限公司
地　　址：新北市新店區中正路四維巷二弄2號4樓
電　　話：(02)2219-2080

行政院新聞局局版台業字第3595號 營利事業統一編號22759935

定價：280元　特價：199元

國家圖書館出版品預行編目資料

帥醫筆記 ／ 司徒浪著. -- 初版-- 臺北市：風雲時代，
2015.06 -- 冊；公分

ISBN 978-986-352-276-8（第16冊；平裝）

857.7　　104008026